文
景

———————

Horizon

日系 | Horizon

社 科 新 知　文 艺 新 潮

蜥蜴的尾巴

我的私藏电影往事

〔日〕

野上照代

银色快手 ——译

上海人民出版社

再会啦，呜呼呼呼

目 录

第一部　访谈
再会吧，黄金岁月

采访　植草信和（《电影旬报》前总编辑）

照井康夫（《文艺春秋》编辑）

辑封摄影：深野未季

第一章　燃烧的青春

《赤西蛎太》的冲击

提到野上照代女士，一般认为是从《罗生门》以来，一直协助黑泽明导演的人。但若要说到您与电影的邂逅，应该还是要回溯到伊丹万作[1]导演的《赤西蛎太》[2]对吧。昭和十八年（1943），当时您十六岁。可以说，一切是从那里开始的。当时为什么会想去看《赤西蛎太》呢？

　野上　都是六十年前的往事了，我记不得啦。只是

---

[1]　伊丹万作（1900—1946），"二战"前重要作家、编剧及导演。由中学好友伊藤大辅导演引入电影界，电影代表作有《国士无双》《赤西蛎太》，剧本《无法松的一生》曾多次拍成电影。著有《伊丹万作全集》《伊丹万作随笔集》。其子为知名导演伊丹十三。——译注，下同

[2]　《赤西蛎太》，改编自志贺直哉同名短篇小说。主角为间谍武士赤西蛎太。此片使用的配乐与镜头调度在当时有卓越突破。

觉得电影这东西太厉害了。因为，一部《赤西蛎太》就成了人生的转折点。不过，也可以说每个人都有过类似经验吧。

那是我念都立家政女子学校的时候，也是我人生的起点。《赤西蛎太》是昭和十一年（1936）完成的，所以是电影拍好之后的第七年，至于是昭和十八年（1943）的几月看的，我已经完全不记得了。戏院呢，根据我不甚可靠的模糊记忆，好像是位于三轩茶屋（东京世田谷区）一家叫作什么"东京俱乐部"的戏院。

那时您是住在高圆寺（东京杉并区），三轩茶屋说起来还真的很远呢。

野上　是家父野上岩[1]牵来的缘分。家父那时触犯到《治安维持法》[2]，在看守所进进出出了好一阵子。就是俗称的"踢皮球"。家父是在昭和十三年（1938）被关进看守

1　参见本书第一部第五章《关于父亲》。
2　《治安维持法》，日本已废止的法律。1925年4月22日公布，目的是抑制日本日益高涨的共产主义革命运动。1928年追加"以结社为目的之行为"条文，掌权者或警察可以莫须有罪名逮捕任何不利于己的行为或组织，许多活动家、民主进步人士因此遭镇压。1945年10月15日废止。

所的,所以应该是在那之前的昭和十二年(1937)吧。印象中,家父从书架上方堆得满满的杂志堆里,翻开一本叫作"Diamond"[1]的经济杂志(现在还在发行),好像是绿色封面吧,然后指着一篇小小的电影评论说:"这个很有趣哦。"一会儿"印象中"、一会儿"好像"真是很不好意思,可我究竟是怎么跑去三轩茶屋的呢?

当时您知道伊丹万作,或者原著作者志贺直哉[2]的名字吗?

野上　我知道志贺直哉。

当时您读过《赤西蛎太》吗?

野上　看完电影之后读了。原著篇幅非常短,跟电影截然不同,让我感到讶异。当时我并不具备电影方面的专业知识,因此也没能力去佩服、惊叹"居然能把原著拍成那样的电影"之类的。不过,感觉电影很有意思。那之后又看了好几次。虽然观点逐渐改变,但越看越是感到钦佩。

1　*Diamond*,1913年创办,日本重要财经杂志,今《周刊钻石》前身。
2　志贺直哉(1883—1971),小说家,大正时期反战、反压迫的"白桦派"作家,有"小说之神"称号,对同时代的日本作家有深刻的影响。

伊丹万作（1900—1946）

令尊当然也看过这部影片了吧。

野上　不，我觉得他不可能看过哦。家父之所以那样说，一定是因为原著作者是志贺直哉。关于伊丹先生，我完全不记得听家父提起过他的名字。

您是在看完电影之后立刻就写信给导演了吗？

野上　是不是立刻，还有到底写了些什么内容，我都不太记得；不过，真的是被感动了才写信的，这倒是千真万确。

就读家政学校时，我是文艺少女，经常写小说与好朋友交换着读。她的文笔很好。她的文章我都还记得，甚至还背得出来。不过，"二战"后她移民去了美国。

不过，为什么会是志贺直哉呢？还真读了不少他的作品。比如《学徒之神》[1]。那时候，我根本还没吃过寿司啊（笑）。此外，像是永井荷风[2]跟岛崎藤村[3]这些作家，也几乎

1　《学徒之神》，志贺直哉的短篇小说。描述一个磅秤店学徒少年，有天听到掌柜讨论握寿司的美味，对寿司产生向往。
2　永井荷风（1879—1959），随笔作家、小说家，日本近代文学史上"耽美派"代表作家。代表作有受左拉影响的《地狱之花》，另有《濹东绮谭》《断肠亭记》等。
3　岛崎藤村（1872—1943），诗人、小说家。1906年小说《破戒》开日本自然主义文学先河。日本自然主义小说受左拉及莫泊桑影响，走向个人生活写实，后来发展成"私小说"和"心境小说"。

从未接触过呢。

您致函伊丹导演之后，立刻就有了回音吗？

野上　马上就收到回信了，从京都寄来的。恰好《巨人传》[1]在票房上失利，伊丹先生搬回京都去了。那时他已经罹患肺结核卧病在床，应该很有空，所以我立刻就收到了他的书信。是很流畅、优美的字体。

从此就开始互通书信了，是吧。

野上　也不是那么频繁啦，都是写一些学校发生的事、老师讲的话等等，不重要的小事。

我们知道无论是您的信或是伊丹先生的回信都没有保存下来。因此，能否就您记忆所及分享一些内容呢？

野上　那时我每天要从高圆寺家里一直走到中野区鹭宫的都立家政女子学校上课。途中有一片属于陆军中野学校通讯队的杂草地。经常有猫咪被丢弃在那儿，我就会写把猫咪捡回家的事。还有，因为是通讯队的杂草地，

1　《巨人传》改编自法国作家雨果的《悲惨世界》，是1938年伊丹万作完成的最后一部电影。参见本书第二部《下户之酒》。

士兵会把木棒打进地下，如果把木棒拔起来，洞里就会有一堆蟋蟀。把手伸进去捉，蟋蟀会到处乱窜，我都还记得那种触感……都是写这类的事情。还有，杂草地的旁边有条大场川，我会把河里捉到的蝌蚪放进瓶子带回家养等等，都是写这类事情寄给伊丹先生。

结果伊丹先生回信时，信纸上贴着猫咪的照片，还写着："这是我家的猫，名叫手古。"还有，忘了是什么时候收到的信，上面写着："内人想看你的照片，请寄过来。"当时真的很烦恼。我回信告诉他："我长得又不是很好看，不寄。"不过，后来跟伊丹先生的千金伊丹缘小姐（大江健三郎夫人）提到这事时，她却说："不对，我好像看过照片呢。"所以，搞不好我那时寄了。

大约多久通一次信呢？

野上　收到伊丹先生的回信后马上又会提笔写信，所以应该算是蛮频繁的。结果，伊丹先生还夸赞我："你的信，好就好在没有拜托我任何事。"可想而知，一旦成为那种级别的名导演，一定会有很多"请帮我看一下剧本""请收我为徒""求您帮我引荐"的来信吧。而我的信里完全没有这类要求，伊丹先生还说："你的信里没有错字。"当时伊丹先生还用片假名写信跟我说（真的是读过太多次，已经背下来了）："你是我的徒弟。但若问我要教你什么，那还真不容易回答——如果有一个什么都不用教的徒弟，不也很好吗？"

第一次收到回信时心情如何？是否高兴得要飞上天？

野上　那当然开心了。首先，导演的字非常漂亮，而且是用印有"伊丹用笺"红色字样的定制稿纸写的。因为他是比较讲究的人，据说，什么都要用最好的。虽说到了战争快结束时，他也会把稿纸对半裁开，正反两面都拿来用就是了。

战败与返京

从年表看来，您在昭和十八年（1943）从都立家政女子学校毕业之后，进入文部省图书馆讲习所。

野上　这些全是父亲帮忙安排的。一般的女子学校要读五年，但都立家政只要四年。图书馆讲习所毕业后虽然有义务要工作，但不需支付学费。虽然是父亲鼓励我去念的，但现在回想起来，还是觉得幸好去读了那个培训班。

因为担任讲师的,是像林达夫[1]、青柳瑞穗[2]这样一些自由派的老师呢。这跟在当时的情况之下,他们找不到什么其他工作也有关系吧。

战后在阿佐谷跟青柳老师重逢,又跟井伏老师[3]他们一起到处喝酒。他长得像让·迦本（Jean Gabin）,以古董专家和翻译莫泊桑闻名。当时的国会图书馆（时名"帝国图书馆"）在上野,讲习所是下属机关。因此,虽然需要参加劳动动员,但其实就是在隔壁的帝国图书馆担任图书的出入库管理,也就是负责将书取出或归位的工作。那时还没有电梯,因此都是噼噼啪啪地跑上楼梯,一会儿将书取出,一会儿又归位。虽然没去工厂,却是在这类地方从事劳动服务。

还有非常棒的一点,由于必须得看懂书脊文字,所以老师也会稍微教我们一些德语和法语（英语是一定要的）。因为只有短短一年,没能学到多少东西,后来却都派上了

1　林达夫（1896—1984）,评论家。以《林达夫著作集》（六卷本）获"每日出版文化奖",以评论活动的杰出贡献获"朝日新闻奖"。
2　青柳瑞穗（1899—1971）,诗人、法国文学专家。
3　井伏鳟二（1898—1993）,小说家。成名作《山椒鱼》。有多部作品改编成电影,如1989年今村昌平执导改编的《黑雨》。1966年获颁文化勋章。参见本书第二部《三鹰町下连雀》《井伏老师与运动鞋》。

用场,真的是很幸运。

您是在昭和十九年（1944）三月从培训班毕业的吗？

野上　对。把市郊一夜烧成焦土的东京大空袭发生在隔年三月十日,幸好差了一年,幸运地逃掉了。毕业后我随即到山口高等学校(旧制,现在的山口大学)图书馆工作。山口是父母的故乡,家父毕业于山口高等学校,因此找了那边的老师帮忙安排。

在图书馆工作需要图书管理资格证是吧。您那时已经取得了吗？

野上　不,我没去报名考证,所以没有取得。培训班是男女合班,在当时还非常罕见,学员大概有二十人吧。虽然还在打仗,却十分罗曼蒂克。盛开的樱花下可以看到挥舞黑外套散步的青年,还有弹奏风琴的迷人男学生等等。我觉得那时的上野山上,大概是东京都内仅存的,能稍微呼吸自由空气的地方。

但您还是离开了这么棒的上野,前往山口报到。

野上　我和姐姐初惠一起前往山口避难。姐姐避难到一处名为西厚(山口县美祢郡西厚保村,现在的美祢市西厚保町)的农村,外公的妹妹(姑婆)家在那儿,是食物供应丰富的农家。我因为要上班,所以是到山口市内祖父的弟弟(叔公)家栖身。虽说是在图书馆上班,其实也像在逃难。

就这样,只有两个小孩一起从东京出发,不可思议的是,过程中完全没有悲壮的感觉。或许是年纪还小,不是很懂。父母也很奇怪,也没有哭着跟我们说,搞不好这是最后一面之类的话。完全没有类似印象。

那是像平常说"拜拜"这样的感觉吗?

野上　没错,就是那样。虽然觉得无法理解,但那时候也许也没有其他办法了吧。

照顾我的叔公曾做过军人,他说:"不准碰黑市。"姐姐吃白饭吃得饱饱的,我却为了食物费尽千辛万苦。寄住家的婆婆有时候会抓可以吃的青蛙来给我充饥。那是我生平第一次吃青蛙肉。不过,到了夏天晚上,萤火虫交错飞舞,真是美不胜收。

所以,战争结束的时候,您是在山口?

野上　战争结束时我在旧制山口高校的体育馆,在一片汗臭和溽暑之中,和学生一起聆听天皇的玉音广播[1]。但是,广播里到底讲了些什么,却完全听不清楚。总之,我是意识到"战争好像是结束了",非常开心地从体育馆后面到图书馆去,一路上蹦蹦跳跳,刚好遇到一位德国老师,就用唯一记得的德语跟他说:"Auf Wiedersehen(再见)!"

不过,也有人对日本的战败感到难过。我反而对这样的人感到惊讶。避难到乡下农家的姐姐告诉我,听到玉音广播后大家哭成一团,我还记得当时反驳她说:"为什么要哭呢?不再有空袭,可以光明正大开灯不是很好吗?"

当时您知道广岛的状况吗?

野上 原子弹投掷前不久,山口高校一位体育老师要去广岛入伍而搭上往广岛的火车,但是快要到达广岛时被迫停车,说是没办法走,因此他就回到山口。那时,听老师说好像有很厉害的炸弹掉下来。那位老师算是捡回了一条命,不过大家还是谣传着:"似乎是很厉害的炸弹,是新型炸弹。"

入秋之后,母亲到山口接我,姐姐也一起回到东京。半路从火车车窗看到广岛,真的太吓人了。经过广岛市原爆区的时候,大家都挤到窗边看,四周一片焦黑,看不到任

1　昭和天皇通过广播亲自宣读《终战诏书》,宣布日本战败。

何建筑物或者是活人的迹象,什么都没有。总之,火车行驶期间,什么东西都看不到。

回到东京之后,由于高圆寺的房子在战争中烧毁了,全家便搬到阿佐谷,也可说是天沼的房子。那是一栋盖得比较好的西式建筑。避难的时候,许多人贱价抛售大屋子之后离开,这是其中一栋幸免于灾难的房子。所以,空间算是比较大,不过,有一半是素不相识的陌生人住的,大家要共用厨房跟厕所。就算不愿意,也无可奈何,因为不管谁家都是一样的情形。总之,从山口回来之后,就是这样的情况。从中央线阿佐谷站到那个家之间有相当的距离,不过我还记得,战争刚结束时曾和妈妈扛着买来的芋头走过那一段。

可否请您谈谈从那时候开始,一直到昭和二十二年（1947）进入八云书店工作的经历?

野上　我记得是通过父亲的引介,战后立即加入了共产党[1],去到位于代代木的总部。那是仿如违章建筑的木造房子,不管是建筑物还是楼梯都破破烂烂的,但大家还是

1　日本共产党1922年成立时为非法组织,主张社会主义与民主主义两阶段革命,在日本国内领导反对日本帝国主义侵略战争。战后,1945年获得合法地位,重建党组织。

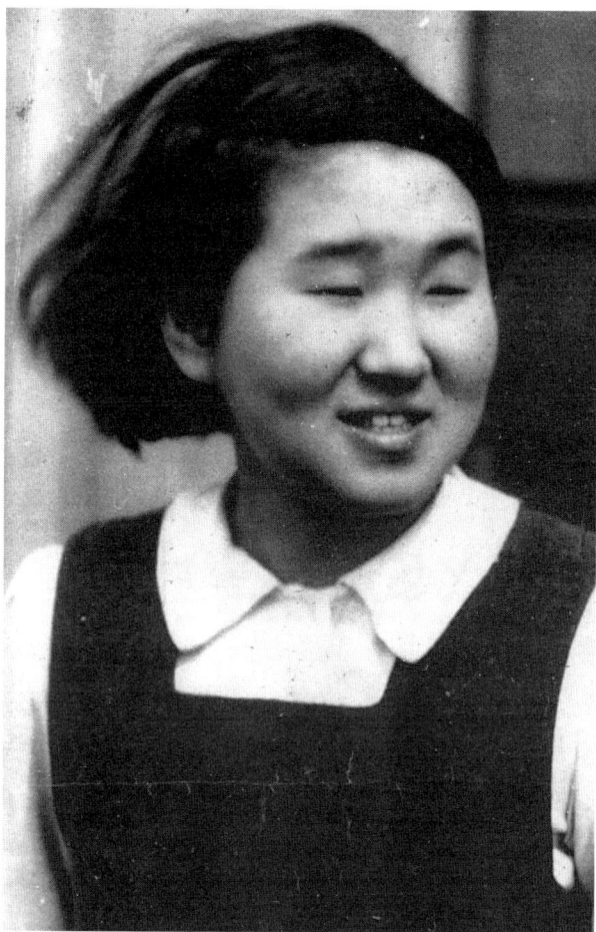

在《人民新闻》社屋顶拍摄，当时十九岁

干劲十足,飞快地在楼梯上冲上冲下。

是现在共产党总部那里吗?

野上　地点应该是一样的吧。我记得是在平交道再过去的地方。常常在总部和德田球一[1],还有伊藤律[2]擦肩而过。不过,对方当然不认识我。

我当时在做些什么事呢?都是在做传单油印工作。在总部旁临时搭起的小房子里,有一间用来油印的房间,我就在里面拼命油印。不记得有没有发薪水了。总之,大家都很带劲,这我还有印象,都是一副"搞不好明天就要革命了"的样子在做。

不过,我真的很幸运哦。共产党总部有各式各样的人,有一位后来成为中央委员的干部S先生,也不知道为什么,教了我很多事情。他对我说:"你有写文章的才华,去当小说家吧。我先帮你介绍出版社。"他是奇特又有趣的人。他还笑着说:"共产党是一种'宗教'哦。"类似的话都让我听得"茅塞顿开"。是他让我的"共产党热"冷却下来

1　德田球一(1894—1953),日本共产党创始人之一,曾因触犯《治安维持法》被逮捕,在狱中十八年。野上在代代木总部遇见时,德田为日本共产党中央委员会书记长。
2　伊藤律(1913—1989),日本共产党党员、政治运动家。

的。因为，我当时还年轻，还在油印传单上写下"共产党是宗教"之类的文字。结果，自然是被纪律委员会叫去骂到狗血淋头。

还有，当时中央委员有一位黑木重德[1]先生，家父让姐姐嫁给了这位黑木先生。他是个大好人，可惜参选众议院议员发表政见演说时，因为心脏停搏而过世了（1946年3月16日）。婚后还不到一年呢。当时的共产党，从早到晚就是到各处去演讲，多半是因为过度劳累造成的。之后，多亏父亲的诗人好友江森盛弥帮忙，我进了《人民新闻》工作。像是共产党文化部发行的报纸。

《人民新闻》的办公室又是在哪里呢？

野上　在新桥。那是令人怀念的青春时光。早稻田大学毕业，研究安藤昌益[2]的评论家寺尾五郎[3]也在这里。此外还有庆应大学男子三人帮，也常和我混在一起。如菊

1　黑木重德（1905—1946），日本共产党早期重要青年才俊，是所谓"再建七干部"之一。
2　安藤昌益（1703—1762），江户时代中期的医生、思想家、哲学家。著有《自然真营道》《统道真传》，主张劳动者至上、人类平等，批判封建社会。
3　寺尾五郎（1921—1999），日本共产党党员、历史学家。

田一夫[1]的弟子筒井敬介[2]，他后来为《和姐姐一起》作词，也是黑白电视时期NHK热门连续剧《公车道旁小巷》的编剧。还有菊池章一[3]。他是"新日本文学会"的评论家，他太太是文学座[4]女演员荒木道子小姐，而他就是荒木一郎的父亲。还有一位是剧评家长桥光雄。这三位会一边唱着电影《我们等待自由》的歌"À nous, à nous, la liberté!"一边走过荒废的灾区。

工作结束后，和筒井先生、菊池先生等人一起去喝咖啡，这是当时唯一的奢侈享受。咖啡价格是七分钱，在那会儿一片荒凉的新桥。

咖啡味道如何？

野上　不记得了。战后整个获得解放，总之，时时刻刻都活力十足。我年轻的时候很容易爱上人家，当时的对象是菊池章一，我们习惯一起走走。在那个年代，除此之

1　菊田一夫（1908—1973），剧作家、词作家。代表作《放浪记》《飘》。1975年，为纪念其在演剧方面的贡献、鼓励演剧事业的发展，东宝特设菊田一夫演剧奖。
2　筒井敬介（1918—2005），编剧、儿童文学作家。
3　菊池章一（1918—2001），文艺评论家。
4　文学座，日本剧团，1937年成立至今。

外也没别的乐趣了嘛。菊池先生送我的《塞万提斯短篇集》，我到现在还保存着。我还记得他在专栏里写了"比喻不等于逻辑"的句子。

《人民新闻》里还有一位岩崎千寻[1]小姐。不知为何她总是身穿黑衣。不太笑，也不太说话，给人阴郁的印象。所以呢，现在看到她画的可爱女孩的画，总觉得不可思议。或许那时她遭遇到什么痛苦的事吧。

成为杂志编辑

后来就换到八云书店[2]上班了，是吧。

野上　在《人民新闻》时，代代木总部的平交道对面有家书店，大概是在那边站着翻阅时看到的，中央公论社[3]

1　岩崎千寻（1918—1974），水彩画家、绘本作家。
2　八云书店，日本"二战"后初期成立的重要出版社，以发行《太宰治全集》著名。石川达三的小说《浪漫的余党》与久保田正文的《烟花》皆以八云书店为主要场景。
3　中央公论社，日本著名出版社，1886年创立。1999年被读卖新闻社收购后改名为"中央公论新社"。

正在招聘妇女杂志[1]记者的消息，就去应征了。到了面试那关，我说："本来，妇女杂志的'妇女'是不对的用法。"不知道是不是因为说了不该说的话，结果没应征上。之后才在报纸上看到八云书店的招聘启事。那时的想法是不要再碰报纸了，想去杂志社工作。

草柳大藏[2]先生同样报名应聘了八云书店的工作，后来才知道，我们两个人的笔试都拿了满分。因为，题目还蛮简单的啦。受战火波及的关系，那时候的出版社也没有公司大楼，办公室就是大一点的民房，在东大赤门的正前方。在当时算是颇时髦的洋楼，二楼是编辑室，一楼是业务部。

八云书店是《近代文学》[3]创刊号的发行商，《近代

1 即《妇人公论》，1916年由中央公论社发行的月刊，旨在寻求妇女发声和解放。

2 草柳大藏（1924—2002），评论家。《周刊新潮》《女性自身》杂志主笔。著有《官僚王国论》《世界王国论》等书。

3 《近代文学》，1946年1月创刊，1964年8月休刊。"二战"后，日本左翼运动复兴，该杂志成为"战后派文学"作家的据点。成员有野间宏、椎名麟三、安部公房等人，主要探讨日本的战争责任、政治与文学权衡等议题。

文学》又是战时"转向左派"¹作家的聚集处。当时气氛如何？

　　野上　用"当时的暴发户"来形容或许有点不太恰当，但确实就是那样的人成立的出版社吧。记得也是《近代文学》编辑的文艺评论家久保田正文²，当时就是八云书店的董事。

《近代文学》创刊于昭和二十一年（1946）1月，所以，出版社大概是在昭和二十年（1945）年底前后成立的吧。

　　野上　我进去的时候已经有《近代文学》了，这本杂志的编辑由同好组成。公司想以原创内容创刊的杂志是《八云》这本综合杂志。在此之前，八云书店已经出了《艺术》杂志，但因为内容走高深路线，所以打算出版风格相反的大众杂志，才会招募编辑人员，并雇用了我与草柳先生。草柳到《艺术》那边，我则分配到《八云》。

1　"转向"是日本战时和战后知识思想界的议题。1930年代，日本政府强力镇压当时勃兴的左翼运动与共产主义思想，许多左派知识分子被迫或自愿，转向支持军国主义战争，称"转向左派"。
2　久保田正文（1912—2001），文艺评论家、小说家，为短歌志《八云》的编辑。

因为想委托西洋画家三岸节子[1]女士绘制封面，所以也曾去过三岸女士家里哦。结果三岸女士在玄关时突然说："我很贵哦。"那时我刚入行，根本搞不清楚什么是贵什么是便宜呢。

这么说来，您是被分派到《八云》杂志编辑部了吗？

野上　对。编辑部成员有四人左右。我是最低阶的菜鸟，只负责出门取原稿回来。曾经拜访过井伏鳟二、坂口安吾[2]、椎名麟三[3]、石川淳[4]以及内田百闲[5]等老师的家。曾经见过内田百闲老师的人，我想应该已经很少了。

我刚入行就在编辑会议中提案，邀请内田百闲、井伏鳟二，再加上新蹿红的广播作家三木鸡郎三人对谈。因此，我去了一趟百闲先生家拜访。记得是在四谷。我跟总

1　三岸节子（1905—1999），西洋画家。"二战"后，创设女画家协会。
2　坂口安吾（1906—1955），小说家、评论家、随笔作家。代表作为《堕落论》《白痴》。
3　椎名麟三（1911—1973），"战后派"存在主义作家。
4　石川淳（1899—1987），小说家、评论家、翻译家。1936年小说《普贤》获得第四届芥川龙之介奖。和坂口安吾、太宰治等人同被归类于"无赖派"作家，为日本战后文学的核心人物之一。
5　内田百闲（1889—1971），明治至昭和时期的小说家、随笔作家。夏目漱石学生。黑泽明电影《袅袅夕阳情》改编自其作品，描述的主人公即为内田百闲。

编辑两人站在外面，拜托身材高大的百闲先生，当然，他没有同意。这时，总编辑拿出一个包裹，里面是当时还十分珍贵的一公升装清酒，事态忽然峰回路转，马上得到"OK"的答案了。百闲先生笑得很开心，好像在说："怎么不早点把这个拿出来！"结果，对谈当天都是百闲老师与井伏老师两个人聊，三木先生被当成小朋友。总之这个策划算失败了。

八云书店出版的还包括太宰治全集，是吧？

野上　是的。为了出版这套全集，招募了户石泰一先生进公司。他在东大时是阿川弘之[1]先生的学弟，而且熟识太宰治，所以才进了公司。

您和井伏鳟二老师在那之后保持了长时间的友谊，当时井伏老师还住在荻洼对吧。

野上　没错。老师曾有一段时间短暂避难到其他地方，但从昭和二年（1927）开始就在荻洼了。井伏老师的夫人只要看到我就会说："野上小姐第一次到我们家的时候

1　阿川弘之（1920—2015），小说家。代表作有《春之城》《云之墓碑》《山本五十六》等。

穿着和服，还从和服袖子里拿出鸡蛋来给我们呢。"夫人提过好多次，但我真的不太记得了。可能是拜托老师写稿子想要表示感谢，就带了当时还很珍贵的鸡蛋去了。

一开始只是负责去拿稿子，可是呢，当作家的都是这样，那时我也还很年轻，每次只要有年轻女孩来拿稿子，就会被带去喝酒。作家们真的都很喜欢这样。不是只有井伏老师，每个作家都是这样哦。

我在八云时，当时在阿佐谷站附近有一个卖酒的摊贩，作家们很会带年轻的女编辑去那儿混。所以，像我这样的人也是跟着他们跑来跑去。也不用长得多漂亮，只要年轻就可以了。

这就叫男人的虚荣心吧。

野上　我那时候压根不懂什么男人的虚荣心，被捧两下就开心地跟着走，因而跑过好多地方呢。不管经过多少年，井伏老师都是这样。即使后来上了年纪，只要我到他家，马上就会说"走吧"，拉我出门喝酒。

作家们或许真有一点把"跟编辑的互动"当成工作乐趣吧。有编辑来访，就想着邀他去这里，或是带他去那里之类的……您也遇见过外村繁先生或者上林晓先生吗？

野上　碰到过。不只是他们,我遇见过许多"中央线沿线作家群"[1]的作家。藤原审尔先生家就位于从阿佐谷站到我当时住的"天沼北"那条路上,左边是报纸零售店,他在二楼召集了附近一带的文学青年,弄了个像是私塾的教室。不过,那时他的书还没开始大卖。

据说藤原审尔先生是外村繁先生的学生辈,不过很有领袖气质,很会照顾一些年轻的新人作家,和同样以阿佐谷为据点的梶山季之先生,似乎是非常接近的类型。藤原先生也是吉田喜重导演的名片《秋津温泉》的原著作者,以及女演员藤真利子小姐的父亲。

野上　八云书店那群同事在公司倒闭后,纷飞到各个战后媒体。草柳大藏先生也是如此。他被出版《现代用语基础知识》的自由国民社招揽,在那儿成为大宅壮一老师的徒弟,后来开始独立写作。昭和三十一年(1956)新潮社发行首次由出版社制作的《周刊新潮》[2],因此大家重新在

1　中央线沿线作家群指地铁站荻洼、阿佐谷、高圆寺一带,从大正末期到昭和初期有大批作家、文学家移居到此并在这里活动,如井伏鳟二、青柳瑞穗、伊藤整、太宰治等,因而闻名。近代亦发展成书店街。
2　《周刊新潮》是首份由出版社发行的周刊,创刊号就很成功,因此,当时不敌报社报道性文章的出版社,也陆续发行周刊如《周刊文春》《周刊明星》等。

这里会合，取得丰硕成果。

同样是从八云转进《周刊新潮》的高原纪一先生，甚至还特别跑到砧町的东宝制片厂跟我请教："可否跟我说说，电影单元该写些什么好呢？毕竟是创刊号，希望能做出有新鲜感的专题。"

《周刊新潮》成为这类独立记者最早期的栖身之处。各报社周刊内部，也有很多人过去都是各报社的写手。而走文人路线的，或者说是年轻作家这批人，《周刊新潮》就成了他们的第一个落脚处。后来，昭和三十三年（1958）集英社的《周刊明星》、三十四年（1959）文艺春秋的《周刊文春》相继创刊。梶山季之先生则是在《周刊文春》大显身手。

野上　曾待过八云书店的优秀编辑——原敏先生也从过去出版过《平凡》杂志的平凡出版社，转到现在的Magazine House。

因为从1950年代后半到60年代，是杂志媒体活跃的年代嘛。

野上　确实如此。就这点来看，当时的出版界很有趣。同事们分散到各个地方，再分别崭露头角，跃上台面。

与井伏鳟二老师的交流，将会在第四章及第二部随笔集中提及，这边先回到刚刚的话题，野上女士辞职之后，大约昭和二十五年（1950）开始，八云书店几乎就没有再出版过任何书籍。究竟是倒闭了，还是被其他出版社并购了呢？

野上　在我辞职之前，八云书店虽然还不至于倒闭，但似乎经营得很辛苦。离开八云书店之后，草柳大藏写信给我，提到他们编辑部的人把书堆到人力车上四处叫卖的事。甚至说，奖金也是用物品支付。我记得那时还颇庆幸自己提早抽身了呢。

想必您还在任职的时候，就已经感受到情况不太妙了，是吗？

野上　同事之间都那么说。不过，田村泰次郎[1]的《春妇传》应该卖得不错，还有太宰治。还有，平林泰子[2]也卖得很好。

为了请平林女士帮《八云》撰写"受到战争摧残后的

1　田村泰次郎（1911—1983），小说家。代表作有《肉体的恶魔》《肉体的门》。
2　平林泰子（1905—1972），小说家。1927年在左翼文学杂志《文艺战线》发表小说《免费诊疗室》，被视为左翼作家。

新宿"的报道，我还带她去逛了口琴横町；也去采访了那个"舞蹈教"[1]，并写成报道。可能有点像奥姆真理教吧，当时的大学生都跳舞跳到忘我。不光是小说或评论，也有这类报道社会底层的文章，就当时而言，已算是相当"前卫"的做法了。不过，最后还是撑不下去了。

---

1 即天照皇大神宫教，1947年创立。信奉者盛行跳"无我之舞"，以达成舍弃自我的教义。第二次世界大战后信徒急速增加。

第二章　跻身电影黄金年代[1]

向电影之都：京都·太秦片厂前进

您在八云书店时期就有看电影的习惯吗？提到战后的黑泽明电影，有《我对青春无悔》《美好的星期天》，接着是《泥醉天使》《野良犬》等等。

野上　已经开始看了，不过，不管是哪部电影，都没有追踪特定导演在看。

离开八云书店之后，野上女士开始走向电影人生，

1　1950年代，日本每年观影人数超过十亿，俗称"日本电影黄金时代"。当时国产电影五巨头东宝、松竹、大映、东映、日活票房竞争激烈。他们各拥制片厂，每年各制作近百部电影，并培养、签约隶属自己的大牌明星、导演、编剧及制作团队。

最初让您起心动念要去京都的关键是什么呢？

野上 每年伊丹先生的忌日，在东京有一个固定的聚会叫作"板万会"。成员个个来头不小。首先是俳句诗人中村草田男先生。草田男老师是伊丹先生念松山高校时的学弟，后来加入了伊丹先生等人编辑的同人杂志《乐天》[1]。其他还有电影导演稻垣浩[2]、佐伯清[3]、剧作家桥本忍[4]、制片人荣田清一郎等等。板万会是从伊丹万作四字，取其谐音后缩略而成的。是荣田先生取的名字。

大约何时成立的呢？

野上 应该是昭和二十一年（1946）伊丹老师逝世

1　根据中村草田男的《回忆伊丹万作》，松山中学自大正初年起，有一群学生憧憬成为"未来的艺术家"，为了交流思想，创办校内刊物《乐天》。

2　稻垣浩（1905—1980），导演。其作品《宫本武藏》获奥斯卡荣誉奖（即后来的最佳外语片奖），《无法松的一生》获威尼斯电影节金狮奖。参见35页注1。

3　佐伯清（1914—2002），导演。是伊丹万作松山中学后辈，以伊丹万作和伊藤大辅为榜样，后成为伊丹万作《赤西蛎太》副导，师事伊丹万作到伊丹逝世。参见本书第二部《下户之酒》。

4　桥本忍（1918—2018），剧作家。剧作生涯从将剧本《山里的军人》寄给伊丹万作开始，之后以创作黑泽明电影剧本《罗生门》《生之欲》《七武士》著称。桥本忍在《复眼的映像：我与黑泽明》一书中，称伊丹万作是他一生的恩师。

之后，荣田先生邀请东京地区敬爱伊丹先生的同伴共同成立的。

荣田先生应该是独立制片人吧。

野上　他在担任制片人之前，就开始照顾伊丹家。本业似乎是在一家叫作《青年新闻》的左翼报社，担任业务之类的工作。同时兼任千秋实[1]的剧团"蔷薇座"的业务工作，已经开始在电影圈走动了。他很喜欢照顾人。当时新桥有家叫"艺匠"的艺品店，二楼就是《青年新闻》的办公室。我记得我常去那里跟荣田先生借钱。虽然没有还钱的印象，哈。

桥本忍先生罹患肺结核，住进伤残军人疗养院时，开始动笔写剧本并请伊丹先生过目。伊丹先生过世后，佐伯清先生接收了桥本先生的剧本。这段时间，又完成了芥川龙之介的《竹林中》剧本，也就是后来电影《罗生门》的原型。黑泽明注意到这个剧本，因此改写了日本电影的历史。

制片人本木庄二郎先生后来开桥本先生玩笑说："当

1　千秋实（1917—1999），演员。参与《罗生门》《七武士》等作品演出，为黑泽明重要演员之一。

年穿着皱巴巴的雨衣来到东京的一个无名上班族，竟然成了如此的大人物！"似乎笑得很开心。

人的命运真是难以预料。我一直觉得自己是运气很好的人，而桥本先生也算相当走运呢。

因为，连他开始写剧本的念头，都是出自疗养院里邻床士兵的建议，士兵甚至还教他说，剧本要去找伊丹万作帮忙看看才好。那名士兵应该也是十分优秀的电影迷吧，听说很早就过世了。

就这样，桥本先生把他的第一个剧本《山里的军人》送到了伊丹先生手上。据说伊丹先生认真读完之后，还回了信给他。这一段故事也写进了拙著《等云到：与黑泽明导演在一起》。我想也不是那么多人都读过，重复讲应该没关系吧。

说起来很不合理，不过，是桥本先生自己讲的，也就没关系了。据说伊丹先生竟然对他说"你没有写东西的素养"，又补充说，"不过，有些地方有看头"。据桥本先生表示，伊丹先生似乎是对《山里的军人》里面提到的，陆军正在用的"新型结核病治疗法"之类的东西很感兴趣。因为当时结核病是极为严重的威胁，桥本先生有幸（虽然这样讲有点怪）因此得到"永远免除兵役"的证明。我说是"永远"哦。

后来桥本先生回到故乡，一边当上班族一边持续学习如何写剧本，并请伊丹先生过目。其中有个叫作《三郎床》的理发师故事，那就是日后拍成《我想成为贝壳》的故事。最近桥本先生说他还准备改写，说是电影要重拍一次，真是了不起！他现在可八十九岁了哦！年轻时是超级美男子，听说伊丹夫人都叫他"光源氏"呢。总之，就是这些相关人士在"板万会"里聚首啦。

我记得，每年大家都会在伊丹先生的忌日9月21日聚会。荣田先生也曾带着出道前的女演员左幸子小姐来过。左小姐当时还是体操老师，不过，她想成为女演员。

荣田先生和左幸子小姐是什么关系呢？

野上 荣田先生非常热心又擅长穿针引线，将演员引荐给一些电影公司的人，所以就受到左小姐请托吧。

昭和二十七年（1952），那时黑泽明的《生之欲》还在筹备中，找不到演第二主角的女孩，也就是小田切美喜饰演的"丰"一角。现在回想起来，那时荣田先生还真是常带左小姐来东宝呢。回去的时候，有时会邀我和他们一起去喝酒。说是喝酒，当时喝的多半是酒渣提炼的烧酒或是炸弹（混了甲醇）之类的劣酒，会让人烂醉恶心。我回想起了三个人坐在西武新宿线下井草站长椅上等第一班电车时的情景。

荣田先生就是这样的人，担任板万会干部的同时，好像还照顾着京都伊丹家的遗眷，而且对我说："为了伊丹家，你能助我一臂之力吗？就像女版无法松[1]一样！"于是，我的命运在此有了一百八十度的大转变。

认识黑泽导演

接下来，就要开始在京都的生活了，您是哪一年到京都的呢？

野上　约莫是昭和二十四年（1949）的秋天或冬天吧。不过在那之前，伊丹万作先生去世后一年，我曾经和荣田先生去拜访过。第一次与伊丹夫人（池内KIMI）见面，发现她真是大美女，给人的感觉也很好。荣田先生尊称她为"妈妈"。

1　《无法松的一生》，伊丹万作根据岩下俊作作品改编成剧本，卧病之故，由稻垣浩拍摄完成。无法松为日本影史经典角色之一，"女版无法松"取其照顾伊丹家，如同电影主角人力车夫阿松照顾可怜遗孤之故。

我记得主屋旁有条通道，伊丹夫人就在里面的小屋子等我们。我们到达的时候，她正蹲着用炭炉生火。

位于京都的哪一带呢？

野上　在北野白梅町，以奉祀"学问之神"闻名的北野神社那里。多年前伊藤大辅[1]导演曾经住过这栋房子，据说原本是伊藤导演父亲的房子。正面是带有大门的两层楼建筑。内院尽头是厢房，当作书库、书房使用。伊丹先生过世后，房东住在主屋，伊丹夫人、儿子岳彦（已故的伊丹十三）以及缘小姐则住在厢房。

通过荣田先生引荐，您得以以场记身份进入大映京都制片厂工作，因此搬到京都，详细情况可以跟我们分享吗？

野上　昭和二十一年（1946）伊丹先生因肺结核过世，伊丹夫人准备结束京都的生活回松山去。不是回娘家，而是到友人居住的寺庙"多闻院"（小坂二丁目）借一

1　伊藤大辅（1898—1981），被誉为"时代剧之父"。伊藤大辅和伊丹万作、中村草田男在松山中学相识，成为莫逆之交，并影响伊丹万作进入电影界。

个房间栖身，只打算带女儿缘小姐去，把岳彦留在京都家里。因为阿岳一直说不想回松山，荣田先生就提了个方案，问我是否能帮忙照顾岳彦。讲白了，就是煮饭的啦。并且说，这段时间会帮我在大映找份差事，要我一定要帮忙。

只留下岳彦先生是基于什么理由呢？

野上　这只是我的猜测，不知道是不是因为岳彦有了喜欢的女生。阿岳曾经介绍一个女孩和她的母亲给我认识。当时我就感觉到了。对方是个讨人喜欢的女孩。

伊丹家支付了养育费给您吗？

野上　那倒没有。伊丹夫人自己回到松山后，也非得找份工作才行。因为曾经长时间看护伊丹先生的经历，还请人帮忙介绍了类似医院护士的工作，也是一直都要工作。虽说后来还听她描述过，在那儿工作似乎挺愉快的。

为了照顾岳彦，才安排我进大映工作的，可是薪水很少，还一天到晚加班，根本派不上用场。顶多就是把加班时剩下的便当带回去吃罢了。

阿岳几乎很少回家，偶尔碰到，就会跟我说："我想买唱片，可是……"最后就把我的零用钱搜刮一空。

岳彦在京都待到何时？

野上　后来查过才知道，他是昭和二十六年（1951）到松山东高校就读，所以确定到那年为止都在京都，但是关于他离开的情形，以及告别的地点，都没有印象了。不过回到松山之后，他不时会寄明信片来。有时会用他擅长的插画，画上让·迦本的头像。

总之拍《罗生门》的时候，依然是从白梅町的家来回通勤。从白梅町搭乘路面电车往帷子十字路出发。从那里再到大映制片厂，约五分钟左右。不过，剧组的作息实在太不规律，我常在深夜进出主屋旁的通道，到最后房东来了通知："给我搬出去！"所以，我就搬到帷子十字路站前的二楼房间，距离制片厂比较近。租了一间有两个十二平方米大房间的房子，租金是九百日元一个月。

即便如此，我还是常跑当铺。阿岳在家时会躺在床上，用便携式留声机听唱片。对了，他的房间是有床铺的呢。

大映制片厂场记这份工作如何？

野上　刚开始就是拿着码表和记录表，紧跟着前辈木村惠美小姐走动而已，什么都不懂。《等云到》中也提到了，第一次到拍摄现场参观，是伊藤大辅导演的《花笠飞山间》，花柳小菊和尾上梅幸主演的电影。

木村惠美小姐那时大约三十岁吧。个头不大，总是穿着制服般的上衣与长裤，戴着圆顶帽，就像列车长一样。导演一喊"好，开拍！"摄像机就启动，直到喊"卡！"为止，全程都用码表计时，每次都要大声报出"15秒！"或"13秒！"等，到现在我都能记得她那略带鼻音的嗓音。

我在一旁实习也是跟着学报秒数。对导演来说，试拍时就可以知道每个镜头的长度，摄影组也能借此估计底片剩下的时间。接着场记在记录纸上写下镜头号码、台词等，再交给冲印与剪辑部门。

木村惠美小姐真是个亲切、善良的人，可惜有一个缺点，就是一到午休就从拍摄现场直接走到场记休息室，把道具丢到棉被放置室（熬夜时用的）之后，从口袋掏钱出来跟我说："可以帮我跑去买吗？"她是冰毒（兴奋剂的一种，即甲基安非他命）爱好者。当年这种东西是公开在药局合法销售的，吓到了吧。我常跑腿帮忙买这个。惠美小姐把袖子卷起来打针的时候，那表情之幸福实在是言语难以形容。她很早就去世了，这也难怪。

野上女士当时的收入大约是多少呢？
野上　大概几千日元吧。日薪是150日元，所以工作

25天还拿不到4000日元，大概是这样。而且也没有加班费。顺带一提，在东宝拍一部电影4万日元，还有一年保证拍几部影片的规定，假设拍五部，一年就保证给你20万日元。

真是天壤之别。

野上　原本东宝就是不满电影界旧体制的人，聚集到写真化学研究所（P.C.L）¹这家近代电影公司后才成立的公司嘛。

《罗生门》是您单独工作²的第一部作品吗？

野上　不，昭和二十五年（1950）6月10日上映的野渊昶导演的《复活》才是我单独工作之后的首部作品。很快地，7月就是第二部，冬岛泰三导演的《千两肌》³。这是由长谷川一夫、大河内传次郎主演的。

我单独工作的首部电影《复活》，原著作者可是鼎鼎大名的托尔斯泰。可能是因为战后劳工运动蓬勃发展的

1　全称Photo Chemical Laboratory，1933年成立，东宝映画前身之一。
2　指在日本电影工业师徒制中，野上首次未跟随前辈工作。
3　冬岛泰三（1901—1981），导演、编剧。1950年执导的《千两肌》改编自吉川英治的小说。

缘故吧。野渊先生是知名的舞台剧导演，搞不好还导演过"可爱的喀秋莎，别离的辛酸……"[1]之类的舞台剧。此外，公司正想办法要捧红京町子[2]。但是聂赫留朵夫公爵的角色竟找了小林桂树[3]。公爵可不是上班族啊。阿桂也有些不好意思，笑着说："因为现在找不到年轻俊俏的演员啦。大家都还在军中服役。所以这角色才会落到我头上，怕以后就没机会了。"

　　所以《罗生门》算是我的场记生涯起跑后的第三部电影，对新人来说，也太艰巨了。也许，远离东宝纠纷[4]，第一次来到大映京都的黑泽先生并不知道这事。归根究底，我猜啦，他根本不会把场记这样的小角色当作一回事。多年

1　原曲为《喀秋莎之歌》，发表于1914年的日本歌谣。为艺术座剧团第三次公演剧目《复活》中的曲目，由女演员松井须磨子演唱。此段所节录的歌词为当时的流行语。

2　京町子（1924—2019），演员。1949年进入大映电影公司，1950年在黑泽明导演的名作《罗生门》中担任女主角，1987年获日本政府授予的紫绶褒章。

3　小林桂树（1923—2010），演员。进入东宝后主要演小职员角色，奠定喜剧演员的基础。

4　指1946年到1948年东宝影业发生的三次劳资纠纷，1948年第三次纠纷规模最大，始于公司裁员，新高层意图将左翼势力赶出片场工会，最后片厂被警视厅预备队，以及当时（以联合国军队名义）占领日本的美军出动接管。

之后,黑泽先生甚至说当年的我"好像女学生一样"——
就是没把我放在眼里的意思啦。其实我当时已经二十三
岁了。

　　几年前为了上电视纪录节目,《罗生门》的工作人员
以"战友会"之名集合到京都。京町子小姐也来了。当
年担任第三助导的田中德三导演说:"当年你负责《罗生
门》的工作可是遭到'场记联谊会'的强烈反对呢。你不
知道吗?"我惊讶地说:"啊? 不知道,不知道。"现在讲起
来——虽然已经过了时效——被反对也是理所当然的。
因为,黑泽明三个字在当时可是当红导演呢。

　　不过,场记联谊会所有人都反对,这件事倒是挺妙的。
　　野上　　当时我完全没注意到这事。幸好没注意到。
因为,有没有参与《罗生门》的工作对我的人生来说,可是
有天大的影响呢。好险!
　　不过,我猜制片部长一定被荣田先生提点过,那女孩
是照顾伊丹万作公子的人,之类的。而且,剧本又是桥本
忍[1]。此外,好像惠美小姐也是拍着我肩膀鼓励道:"振作,
振作!"

1　指桥本忍是伊丹万作弟子,与野上相识。

那时制片厂的巴士还使用煤炭车呢，难以置信吧。《罗生门》虽说是在制片厂内做了大大的门，却没有在棚内搭景，全都是外景。奈良深山的外景地有水蛭出没，每天早上离开旅馆时，脚踝都要抹盐。蚊子也很惊人，制片部同仁背后扛着驻扎美军专用的杀虫剂，"咻咻咻"地到处喷洒。总之，大家都是满身臭汗。那时没有什么替换衬衫，只能穿着同一件汗臭味衣服。毕竟战争结束还不到五年呢。所以说，人的精力真是很了不起。才五年哦。

野上女士从很久前在电影圈的昵称就是"小野"，而在电影《母亲》里，小时候家里用的昵称则是"阿照"。大家是什么时候开始叫你"小野"的呢？

野上　跟家里的昵称"阿母""阿照"完全没关系。制片厂内，嗯，就像所有职场一样，都会用"阿"什么的称呼嘛，这样比较短也比较快。不过因为我还很菜，所以一开始没有昵称。有一次黑泽先生在投球，球正好滚到我的脚边。我丢回去之后，黑泽先生对我说"谢啦"，又问旁边的加藤泰先生（当时的第一助导）我的名字："怎么称呼？"然后加藤先生立刻拿野上的"野"字说"她叫小野"，就这么帮我取了昵称。就像是《赤西蛎太》中取"小波"这个名字的时候一样。后来却被叫成"小野饮兵卫（Nonbei，意指酒鬼）"，真是羞死人了。

《罗生门》拍摄现场的气氛如何？

野上　那时黑泽先生四十岁。曾听他说："我也是四十岁的男人了。"可是，四十岁就拍出了《罗生门》呢。拍《泥醉天使》也才三十八岁，真让人赞叹他的才华。或许是战后初期的解放气氛，让大家的心情也跟着亢奋吧，去奈良拍外景时，黑泽先生、三船敏郎先生、千秋实先生、助导们每天晚上都冲上若草山，围成一圈唱着"矿工民谣"[1]尽情跳舞。

拍《罗生门》的时候，作曲家早坂文雄[2]先生也来到外景现场，边看拍摄边构思配乐。早坂先生罹患肺结核，身材瘦削而修长，反而让他更有艺术家的味道，总而言之是魅力十足，我整个人被迷得晕头转向。

不过，早坂先生没把我当回事，在千本丸太町的酒馆里似乎有个不错的女朋友。他在拍摄现场对黑泽先生说一些"昨天晚上啊……"之类的时候，我可是满腔醋意地

1　指《炭坑节》，福冈县矿工间传唱的民谣。
2　早坂文雄（1914—1955），作曲家。为多部黑泽明电影配乐，著名的有《生之欲》《泥醉天使》《罗生门》《七武士》等；也为沟口健二多部作品创作电影音乐，如《雨月物语》。

听着呢。不知道黑泽先生是了解还是不了解我的心情，先是对早坂先生说："通常作曲家的女人缘都挺好的。那挥动指挥棒的身影，真叫人心醉啊！"竟然又接着对我说，"你说对吧！"

有一次早坂先生还带我去京都四条一家叫"金刚"的酒馆。那是一位以前的女演员经营的店。女演员要早坂先生紧握店里的火柴，然后说："教授呀，到了东京也要麻烦您宣传一下了。"接着是："哦，好啊，我会帮忙宣传，只有这家店千万别来。""哎呀，教授，讨厌啦。"这一来一往，我在一旁也是看得妒火中烧！那时我也想赶时髦，做点成熟打扮，就跑去烫了头发。之前都只是绑成马尾而已。结果早坂先生竟然说："怎么啦？之前的发型明明很好啊。"整个人大受打击！真是不堪回首啊。

在那之后您跟早坂先生也持续有来往吧。

野上　是啊，多亏早坂先生，我才能进东宝影业并加入《生之欲》剧组。

事情是这样的，《罗生门》在1951年的威尼斯国际电影节里拿了金狮奖，结果从国外涌进大量拷贝订单。

可是在国外，需要上字幕的情况比较少，多半都是重新配音。像日本电影这样把所有声音，也就是音乐、台词、雨声全都混在一起时,就无法单独抽出台词重新配音。因此,为了国外版本,只好把音乐单独重新录一次。由于是在大映多摩川的录音室进行,我的工作是记录,也得去多摩川和早坂先生两个人负责这项作业。

那时早坂先生跟我说:"最近黑泽先生要去东宝拍《生之欲》,我推荐你去那边做场记如何?"我这人运气真是很不错吧。

返回东京。再次加入黑泽剧组

回到东京之后,您是从天沼住家到东宝砧[1]制片厂工作吗?

野上　没错,拍《七武士》也是如此。拍黑泽电影的空当,我会主动表达意愿拜托公司让我参与其他工作,像是"社长"系列乃至于"疯狂猫咪"的影片,尤其是那种要去海外取景的影片。那可是一块美金可换360日元,没有很特别的理由就没办法出国的时代。

1　地名,东京世田谷区。

参与的电影里，片尾的演职员名单会列出您的名字吗？

野上　不会。东宝在片头字幕中会列出"剪辑"，但是没有"场记"。我想松竹也是如此，大映的话"场记"隶属"导演组"，所以会列名，拍《罗生门》时明明还是新人，却也打出了我的名字。实在是太感谢了。这部金狮奖电影的片头里，确实有打出来，铁证如山！下次记得仔细看哦。

如此说来，黑泽作品中首先列出您名字的是《罗生门》（1950），再来直到《德尔苏·乌扎拉》（1975）为止都不曾列出您的名字是吧。

野上　确是如此。不过，《德尔苏·乌扎拉》不是东宝影片，我是以"导演特助"列名。

那倒是没注意到。除了黑泽作品之外，有没有一些印象深刻的花絮可以跟我们分享的？

野上　所谓的花絮，是指出丑的故事吗？那可多着嘞（笑）。不记得是牧野雅弘[1]先生《次郎长三国志》系列的第

1　牧野雅弘（1908—1993），"日本电影之父"牧野省三之子，早期作品常获《电影旬报》十佳奖，"二战"后拍摄大量时代剧，代表作《次郎长三国志》系列、《日本侠客传》系列等。是日本电影史上罕见的多产导演，共有261部作品。

几集了，有一幕小堀明男饰演的次郎长正在地炉旁吃饭，那时穿着护手、绑腿，拍到一半时忽然要午休。小堀先生吃中饭时就把护手、绑腿都卸了下来。然后，下午竟然就这样直接上场拍了。结果，我也没注意到。后来才赫然发现不对劲（笑）。但当时已经无法重拍，只能拼命跟牧野先生鞠躬道歉，结果他说："嗯，不然放到旁边好了。"就把护手、绑腿放到地炉旁，请摄影帮忙拍摄。虽然怎么看都觉得很怪。

黑泽剧组也发生过类似情况吗？

野上　哎呀，当然有啦。《等云到》里也写了，《战国英豪》（1958）中藤原（釜足）先生特写时，大布包是从左肩斜背，但是拍长镜头武打戏时，却是斜背在右肩上。战战兢兢到黑泽先生那儿道歉时，他正聚精会神地打麻将——感谢老天。黑泽先生只是轻描淡写地表示："那得重拍了。"接着，就重拍一遍特写镜头。印象中，黑泽先生并没有到场。

那时，我对藤原先生说："怎么会不记得呢……"他回答说："要是连这种事都记得住，我就不用干演员这一行了。"（笑）

真是让人冷汗直流的花絮啊。

野上　既然提到让我捡回小命的麻将，那来说件黑泽先生跟麻将的事。

　　总之大师非常喜欢麻将。不过，我不会打所以也不懂他们究竟在玩些什么。即使有点事到房间找他也不能出声打扰，只能站在一旁看。就看黑泽先生一个人，非常认真。就像工作时那样专注，紧盯着牌默默沉思，因为他是个专注力很强的人。然后对身旁的中井朝一[1]先生说："中井，你丢了哪张牌？""我吗？我是这张。""把这张收回去。""孝坊呢？""我是这个，一筒。""嗯，那也收回去。"就像这样重新来过。为何大家都没意见呢？因为又没有赌钱！黑泽先生说，不可以赌博。又说，我们又不是道上兄弟，怎么可以赌钱玩。他就是这样的人。所以，其他三人不管放炮还是重打都不会计较啦。只要说一声"是的、是的"就够了。但黑泽先生思考得那么认真，根本没留意到周遭发生了什么事。真不愧是黑泽先生啊。

　　其实，麻将时段对我来说是名副其实的"黄金时间"。意味着"天下太平"。所以，只要外景提早收工，搭车时大师就会跟中井先生他们做出打牌手势说："吃饭前来一下？"这时本人就会窃喜，感觉获得自由，解放了。但几位

1　中井朝一（1901—1988），摄影师。从1946年《我对青春无悔》开始到1985年，与黑泽明陆续合作了12部电影。

《生之欲》的拍摄现场。图左二为作者，右二为黑泽明（东宝提供）

牌搭子有时候也会受不了"卫生麻将",有人会突然搞起失踪。不过呢,且慢,这就是制片组厉害的地方。所谓天网恢恢,疏而不漏。从附近的小酒馆到电影院,狂打电话一个不漏,大概都能够逮到人,统统叫回来呢。

这些牌搭子在老师过世后也很后悔:"要是当时别躲成那样,多陪着玩儿几圈就好了……"正所谓:子欲养而亲不待啊。

到东宝加入黑泽剧组后的首部作品《生之欲》,您觉得如何?

野上 这部影片吗,最近才又看了一遍,真是聚集了一批好演员。大家都很棒。可是目前还在的人,只剩演欧巴桑的菅井琴小姐(已于2018年去世),以及酒吧老板娘丹阿弥谷津子小姐了吧。大家都走了。看到守灵那场戏,没有一个还在世的,不觉唏嘘了起来。中村伸郎先生、左卜全先生、山田巳之助先生都……

守灵那场戏真是杰作。拍摄时现场热得要命。当时没有冷气,那场又是深焦镜头的关系,灯光温度特别高,酷热之下还排演了好多次。连酒席料理的鲔鱼都馊掉,整个布影棚是臭气熏天。左先生却可以若无其事吃下肚,还说:"真是好吃啊,哈哈哈。"但小道具组员想了想,还是拿染红的蒟蒻来替换了。

主角志村乔先生不是被小说家（伊藤雄之助）带着到处跑，去了很多地方吗，像是舞厅跟脱衣舞场之类的。这些布景每一个都做得很棒。像是在啤酒屋里人挤人跳舞的那一段，黑泽先生用粉笔在地上画线，然后说："这段要俯拍，这个范围内全部给我塞满人。"还说不需要其他东西，村木先生（村木与四郎，担任《生之欲》美术）就很开心，但黑泽先生又说："不过从这里看过去要贴上镜子啊！"所以还是要做反射在镜子里的美术布景。"哎呀！被耍了。"村木先生因此嘀咕埋怨了好几声呢。

不过，那时不知用了什么办法，竟然准备好生啤酒发给大家。村木精准地控制着出酒口，拼命给演员倒啤酒泡沫，以确保自己人最后还有得喝。那是战后第六年，仍旧闻得到硝烟味的时候哦。

当时，棘手的劳资纠纷刚落幕没多久，公司方面还是很紧张。那时我还不能对选角的事发表意见，剧组提议志村先生之子（金子信雄）的妻子角色可找剧团民艺[1]的关京子小姐，结果公司不同意，因而起了一阵冲突。黑泽先生很生气，甚至说："又不是要在戏里挥红旗！"

---

1 1947年由泷泽修、宇野重吉等人创立的民众艺术剧场。

第三次东宝纠纷达成调解是在昭和二十三年（1948）10月，所以，已经过去三年左右了，公司对左派还是那么感冒吗？

野上　一直到昭和三十二年（1957）的《蜘蛛巢城》和《低下层》时，都还因为山田五十铃[1]小姐的出演，和东宝起了严重争执呢。在开拍之前，山田小姐和民艺的加藤嘉[2]先生有过一段婚姻，东宝、大映都给她贴上了红色标签。那个时代就是敏感到这种程度。

碰到这种情况，是制片人跟公司协调吗？

野上　最后还是要黑泽先生出面。如果不是黑泽先生，公司是不可能买单的。

毕竟东宝纠纷是被称为"只差没开军舰过来"[3]的大规模纠纷呢。不过，提到跟公司抗争的话，还是要数《七武士》吧。

1　山田五十铃（1917—2012），著名演员，亦是日本首位获得文化勋章的女演员。

2　加藤嘉（1913—1988），演员。当时活跃于左翼文化圈。1952年与妻子山田五十铃创立"现代演艺协会"，并参与偏左派剧团的演出。

3　当时黑泽与公司高层争执，并发声明。详见黑泽明自传《蛤蟆的油》。

《七武士》的外景现场。右边站在后面的是黑泽明,右三为作者(东宝提供)

野上　以黑泽先生的立场,除了在拍摄现场奋战,还得跟公司抗争,真的很辛苦。但以《七武士》来说,听说公司那边也很头大。负有制片重任的藤本真澄[1]先生,据说都不知道递过几封辞呈了呢。甚至,有时还要取消拍摄行程,以确定这部电影到底要不要继续拍。不过,那时还是菜鸟的我,并不懂这些事情就是了。

1　藤本真澄(1910—1979),电影制片,当时为黑泽明与东宝电影公司之间的沟通桥梁。日本"藤本奖"大奖每年表彰有特别贡献的电影制片,即纪念他一生致力于电影制作的精神。

《七武士》的外景有伊豆、箱根、御殿场，都得看老天爷脸色，所以都无法按照原定计划进行。对工作人员而言，因雨停拍的话可以跑出去玩，还能拿到外景津贴，开心得很。直到现在，一大早在被窝里听到雨声时就会想到外景，"啊，今天不必拍了"，对我来说，那是幸福之声。

不拍片的时间，大家都做些什么呢？

野上　在伊豆拍外景时，只要停拍就会到狩野川钓香鱼。连我也是当时学的，能钓上一两条，是采取友钓法[1]哦。有一次黑泽先生跟三船先生他们钓到一整桶，就听他们喊说："今晚有炸香鱼可吃！"

当时或许是因为美国驻军的影响，十分流行交际舞，因此停拍日也曾在旅馆宴会厅放唱片，跳交际舞。我还曾一边看着外头的雨，一边跟黑泽先生共舞呢。不过，倒是一边被骂："不行哦，身体太僵硬了。"（笑）

不仅如此，晚上还开酒宴大喝特喝。全是苏格兰威士忌。壁龛里摆满了空酒瓶。旅馆女服务生端酒过来时，还会被调笑几句，她们各自迷上了不同演员。外景结束后回到

1　香鱼有据守地盘的习性，因此针对这一习性，钓者用活鱼做诱饵，引诱地头鱼出来打斗，之后将其钓取。

东宝制片厂，她们还组团过来追星呢。大家当时真是年轻啊。

　　到了御殿场拍外景就不一样了。没办法，那是靠美国驻军讨生活的地区，水沟盖旁的简陋酒馆里人声鼎沸，仿佛今村昌平[1]的电影一样。穿过仅容两个人擦身而过的小巷，转进大街的地方正好有家电影院。曾跟黑泽先生去那儿看过一次小津（安二郎）先生的电影《晚春》。从电影院出来后，黑泽先生说："小津先生的电影，果然会让人哭！"我还记得那时心里想："是不是黑泽先生也哭了呢？"

　　水沟盖旁陋巷中，有很多从事可疑买卖的女人，常看到高大的美国士兵偻着背在窄巷里闲晃。

　　黑泽先生他们住在"大黑屋"，我们工作人员则住在车站前的"御殿场馆"。现在那家旅馆还在。要说当时有什么让人嫌恶的，就要讲到厕所了。类似以前的小学厕所，是木造、连在一块儿的那种。似乎是男女共用。总之，早上真是臭到不行，还弥漫着酒骚味，真的受不了。甚至还有人跑去御殿场车站上厕所。让人根本无法联想到现在据说是"世界第一美景"的日本公厕啊。

1　今村昌平（1926—2006），导演。著名作品有《鳗鱼》《赤桥下的暖流》《楢山节考》等。1970年曾以新闻影片集锦拍成纪录片《日本战后史：酒吧女侍应的生活》。

拍摄进度落后的最大原因是什么呢？

野上　　按照《七武士》第一助导堀川弘通先生的原定计划，应该在昭和二十八年（1953）3月开拍、9月杀青，但是一直拖到隔年1月还没拍完。主要是天气原因。因为，在新年过后2月最冷的时候，准备拍的是在东宝户外布影棚里的雨中对战戏。三船兄穿着草鞋，在像冰一样冷的泥水里啪嗒啪嗒地横冲直撞，口中直喊："好冷好冷啊！"最后还中箭倒地不起，任雨水打在身上。

三船兄日后笑着说："外国女人说的哟，说我当时的屁股很正，呵呵。"

堀川先生原本的盘算是，这场对战戏是"晴雨两用"，也就是说晴天拍晴天的戏，雨天就改拍雨天的戏。没想到有一次下起雨来，一下就是倾盆大雨，原本是水田的地面变得泥泞不堪，即使天气好转了也没办法拍晴天戏。可说是大大失算了。

《活人的记录》与早坂文雄之死

但就结果来说，《七武士》在票房表现上相当成功，

公司也营运得非常顺利。

野上 这件事在当时太轰动了。首映的时候票房超过松竹映画的《请问芳名》，东宝很高兴。可是，《电影旬报》[1]的年度排行[2]却不是第一，很厉害吧。第一名是《二十四只眼睛》，第二名是《女之园》[3]。但，若是考虑后来的国际评价，我想《七武士》应该是第一名。

反而，罕见的票房失利出现在下一部作品，昭和三十年（1955）上映的《活人的记录》。在决定这个片名之前有好几个版本，如果没记错的话，原本片名叫作"如果鸟儿预先知晓"。也就是说，假如鸟儿预先知道原子弹爆炸的事情，应当老早就逃到安全的地方去了。

记者发布会的时候，像是新春开笔一样，在和纸上用毛笔字写上"活人的记录"再挂在墙上，其中一位记者说道："怎么觉得像是迪士尼电影呀！"黑泽先生就回答："别泼我冷水啊。"并且哈哈大笑。这部影片确实票房不佳，影评方面也不怎么样。不过，是我很喜欢的

---

1 《电影旬报》，1919年创刊的电影杂志。
2 《电影旬报》自1924年起每年以最具艺术性和最具娱乐性两个指标，评选欧美电影。1926年，加入日本电影评选。《电影旬报》十佳奖是日本重要电影奖。
3 皆为木下惠介执导的电影。

作品。

黑泽先生曾说："想要拍一部这样的作品，等我死后到了阎王爷面前，还可以自我辩解说，我曾经拍了一部像样的电影！"黑泽先生"对于原子弹爆炸，我们不能毫无抵抗"的主张，一直持续到很后来的《梦》这部电影。

就"三船敏郎在片中挑战老人角色"这件事情来看，我觉得《活人的记录》是可以让人强烈感受到黑泽导演创新精神的一部作品。

野上　没办法，三船先生这时候才三十五岁呢。要化成七十岁的老人妆，的确是一大挑战。根据堀川先生的说法，本来属意由志村乔来演，但是考虑这个角色必须要具备相当活力，才有可能打定主意移民去巴西，因此决定由三船先生担纲出演。

花了好几天试装，不知试穿了多少次。终于达到"看起来有点像老人"的标准，三船先生头戴巴拿马草帽、身穿浴衣、七分裤，拄着拐杖，从东宝的后门走到片厂里。黑泽先生他们则是在稍远一点的休息室，透过玻璃窗看着。结果，谁都没注意到三船先生。认识三船先生的人也都是擦肩而过，一副不认识的样子，黑泽先生看着大家很高兴地说："这下没问题了，你看确实没人发现吧？"

《活人的记录》的高架桥下场景的搭景，左起作者野上照代、三船敏郎、黑泽明、志村乔（东宝提供）

　　足与《东京物语》里笠智众[1]先生的老妆相比拟，对吧。

　　野上　我也这么想。不过，不想让大家看到三船先生的老人妆，美术全得在布景棚内就地造景。村木先生的手艺很巧。牙医师窗外甚至还看得到行驶中的路面电车。高架桥下与志村先生相遇处，还贴上瓷砖达到反光效果。

1　笠智众（1904—1993），演员，以出演小津安二郎的电影闻名。其最为世人熟悉的是在小津安二郎电影中的"父亲"形象。老年妆指年近五十的笠智众在《东京物语》中扮演七十二岁的男主角平山周吉。

灯光组也很用心，更是增添了真实感。为了符合黑泽先生的要求，负责灯光的森茂先生（当时的助手）辛苦了很久，不过确实取得了效果。灯光师甚至还被公司的制片警告说"灯光用太多了"。

我们是在东宝的第九号摄影棚进行小型工厂搭景。俯拍员工骑着自行车上班的情形，要求要有盛大的场面。那自行车，好像有一百辆左右，负责小道具的木岛先生到处去张罗，可那时候和现在不一样，千辛万苦才借到自行车之后，他说："好不容易才凑齐，不要跟我说什么今日天气不佳的缘故要停拍之类的，不然我就没辙了。"

早坂文雄先生是在拍摄中去世的，是吗？

野上　嗯，《活人的记录》拍摄期间最大的冲击，就属早坂文雄的死讯了。

早坂先生家住祖师谷大藏，距离东宝很近，为了讨论音乐，我好几次跟着黑泽先生造访。那时曾收到他写给我的明信片，上头写着："身体的状况还是老样子，但，缺钱缺得慌。没什么可招待，有空欢迎来玩。"结果还没来得及去拜访，他就离开了。

守灵跟告别式当天暂停拍片，所有工作人员在早坂家集合。走廊上藤原釜足先生边哭边说："不要把演员的眼泪，都当作是在演戏。因为，我真的很难过。"我觉得这么说有点好笑。

他的弟子佐藤胜[1]家里收到一通电报，上头写着"早坂文雄骤逝"，赶去之后，据说还发现钢琴上摆着《活人的记录》最后一幕的乐谱。标题是"星之乐"，结果，电影并没有采用。

在烧香祭悼的过程中，黑泽先生似乎低头在流泪。对他而言是相当的打击吧。拍摄工作也暂停一周左右。

重新开拍之后，一开始是工厂烧起来的戏。接下来是三船发疯之后，志村去探望他，三船指着夕阳尖叫道："地球烧起来了!"剧组在片厂附近的旱田，看得到夕阳的地方竖起一面窗框，不知道走了多少回。虽然我觉得，要将太阳跟眼下的戏融合在一起相当困难，但用超长焦镜头拍起来实在是很棒的画面呢。三船先生的丝织和服衣袖里，会藏放香烟，这样注重细节看了让人感动。可是，黑泽先生会说："还是不行! 没办法达到预期效果。因为，(自己)都还没有办法(从早坂的死中)恢复过来。"

---

1 佐藤胜（1928—1999），早坂文雄的高徒。早坂去世后，他便担任黑泽明电影配乐的主力，配了《蜘蛛巢城》《低下层》《红胡子》等共八部电影。

结婚跟离婚，还有
《蜘蛛巢城》跟《低下层》

接下来的作品是昭和三十二年（1957）上映的《蜘蛛巢城》，年表上您是在那年结婚的吧。就您愿意公开的部分能不能分享一下结婚当时的情况？

野上　好的，我结过一次婚，只结过一次哦（笑）。前不久查阅了户籍资料，是那年的 5 月去登记结婚的。

我是跟黑泽剧组的摄影助手斋藤孝雄结婚的。他在黑泽先生拍摄《美好的星期天》时担任助手，之后成为摄影师，一直到《袅袅夕阳情》为止，是黑泽先生最信赖的工作伙伴之一。我和他是在《七武士》拍摄期间相识的，黑泽先生在这部影片中初次尝试使用 AB 摄像机，他在负责B 摄像机的操作时，发挥个人才能，以作风大胆的运镜技巧完全掳获黑泽先生的心，"小雄、小雄"是黑泽先生叫他的昵称。因为在《七武士》拍摄现场相处时间长达一年半，感情变得很好。

拍摄结束后，我们经常一道回家，千秋先生就会笑着逗我们:"呦,胜四郎和志乃在一起呢[1],呵呵。"而饰演胜四郎的木村功先生也跟着说:"都二十六岁了,应该好好找个对象结婚才对。"这话某种程度打到了要害。

这种私事就算是讲给人家听,我想也只是造成人家的困扰,就像在讲生病的事情一样。不过,那时候刚好父亲也再婚,在神户大学觅得教职,搬到伊丹市去住了。可说是"各奔前程"。

婚后新居落脚何处呢?

野上 起初是在东松原那里借了个房间同居。由于还是战后没多久,所以只是玄关旁的一个西式房间,厕所和厨房都要跟房东共用。房东是一位开朗的婆婆,还手舞足蹈兴奋地告诉我买了电冰箱。她有时候会说:"水先冰过了,要不要喝一些?"然后分给我们喝呢。有次录音技师矢野口文雄先生跟我说:"我买了电视机呢,快过来看。"让我们两人在他家看电视看到半夜。一直到节目结束之后,日本电视台会出现一只鸽子随着音乐节奏收起翅膀休息的画面呢。

中井朝一先生是我们阿孝的师父,我认为他不管是为

---

1 胜四郎与志乃为《七武士》中的一对情侣。

人处世还是拍片技术都是最好的摄影师。中井先生曾对我说:"要结婚的话,还是要有一个正式的仪式比较好。我来当你们的介绍人好了。"于是我们就在中井先生家,简单举行了交杯仪式。在场的人除了中井先生贤伉俪之外,就只有我姑姑。中井先生的太太是个非常好的人呢。她正襟危坐在我们面前,递上正月的屠苏酒[1],满脸严肃地说什么"恭喜两位结为连理",害我都笑了出来。

没有举行婚宴吗?

野上　那是电影开拍之后的事了,黑泽先生他们说要为我们祝福,趁着父亲从伊丹来东京,把阿孝的父亲也请了过来,在祖师谷站前的寿司店二楼举行婚宴。三船、千秋先生、中井先生等加起来有十来个人吧,大家坐在食案前享用日本料理,我还记得纸窗破了一个洞,外面的风呼啸着灌进来,害黑泽先生直呼"好冷、好冷"。

阿孝的父亲以前在片厂似乎是负责大道具什么的,母亲早已过世。他父亲感动地站起身,向在场来宾致谢,唱起类似民谣的祝歌。阿孝频频拭汗不好意思地说:"真是

1　屠苏酒,一种草药酒。按日本习俗在新年时喝,可保佑无病痛,去邪气,一年幸福。

拿他没办法啊。"然后换我父亲站起身，从怀中取出一张纸，朗读起"给女儿的诗"什么的，这次轮到我说："真是拿他没办法啊。"诗的内容是，一个刚诞生的婴儿，他/她的手指往后将会接触到什么样的事物呢，诸如此类的。我还记得黑泽先生隔天对我说："两边都是好父亲啊！"

您是在《七武士》之后，《蜘蛛巢城》开拍之前结婚的吧。而《蜘蛛巢城》是1957年伦敦国家剧院落成时的开幕影片对吧。

野上　没错，那是黑泽先生第一次受到海外邀请出国，并且和约翰·福特[1]、雷内·克莱尔[2]、德西卡[3]等各国大师一同领奖，宴会上劳伦斯·奥立弗[4]还跟黑泽先生提到他

1　约翰·福特（John Ford，1894—1973），美国导演。擅长拍摄西部片，为人熟知的有《关山飞渡》。

2　雷内·克莱尔（René Clair，1898—1981），法国诗意写实主义导演。代表作有《无人生还》《间奏曲》《沉睡的巴黎》等。

3　维托里奥·德西卡（Vittorio De Sica，1901—1974），意大利新写实主义导演。代表作有《偷自行车的人》《擦鞋童》等，曾四次获奥斯卡最佳外语片奖。

4　劳伦斯·奥利弗（Laurence Kerr Olivier，1907—1989），英国电影演员、导演兼制片。曾在舞台和银幕上诠释了众多莎士比亚戏剧重要角色，被誉为20世纪最伟大的莎士比亚戏剧演员。1948年自导自演的《王子复仇记》获奥斯卡最佳影片和最佳男主角奖。

看《蜘蛛巢城》的感想,你知道这事吗?黑泽先生也写过,我是回国的时候,才从他那儿得知的。

据说奥利弗感到佩服的地方有三点。第一,让麦克白夫人怀孕的点子。问说下次他演"麦克白"的时候,可以借用吗?黑泽先生答说,当然没问题。可是奥利弗演的时候,不要让婴儿流产,而是让她生出畸形儿如何?第二,让白马出现预告主人的不幸。第三,森林准备攻过来[1]之前,鸟儿飞进城内的构想。

这就是他赞许的原因,但这鸟儿却把负责小道具的小滨(滨村幸一,2007年9月去世)搞惨了。鸟儿是从世田谷一带的鸟店购来的。将近有一百只吧,据说。小道具组员们双手各拎好几只,随着暗号一齐从屋顶放出来,可是并不如预期地飞入画面中,有的躲在布景的角落,有的逃进灯光里,被逼得重拍了好多次。现场一团混乱。体型太小的会看不太清楚,所以类似鸽子大小的特别多。

拍摄终于结束后,其中的猫头鹰还一直饲养在小道具房间里。不知道为什么黑泽先生说很想要,于是就把猫头鹰带回家去。可是,还没到一个星期,黑泽先生又跟小滨

1　指电影《蜘蛛巢城》的情节,森林的"进攻"其实是军队砍下树木,伪装为"移动"的树林前进。

说，那只要还给你。他说猫头鹰待在家中一动也不动，看来好无趣。可它是猫头鹰啊，不是吗？

众所周知，《蜘蛛巢城》改编自莎士比亚的《麦克白》。黑泽先生改编之功力，着实令人惊讶啊。

野上　完全转化成日本的东西了，不是吗？如此精彩的脱胎换骨，任谁都跟不上。之后拍的《低下层》（1957）也很精彩，《乱》（1985）则是《李尔王》。虽说是国外的作品，但也都是经典，都追求共同的人性本质，大概是这个因素吧。

不过，一开始挑战改编陀思妥耶夫斯基的《白痴》（1951），却引来了许多恶评，因为和松竹影业闹翻，片子又被剪了一个小时，真是吃足苦头。[1]

回想起当年吃过的苦头，黑泽先生曾经表示：自己最敬爱的作家是陀思妥耶夫斯基，但要改编他的作品实在是过于巨大的工程。一开始被删去的部分，是左卜全和三船先生在一辆挤满了"被遣返者"的火车上相遇，以这种方式出场简直巧妙之极。一刀未剪的完整版，也就是松竹在

1　遭松竹制片厂任意删减的版本上映后引起恶评。黑泽明自此至1991年才重新与松竹制片厂合作。

独家首映期间只上映了几天的原始版《白痴》，到底跑哪儿去了呢？

时有所闻，是被松竹相关人士藏起来了，若是能挖出来，肯定会是"影史上的大发现"吧。

野上　话题回到《蜘蛛巢城》，这部影片之所以能够成功，我想应该是因为导入了能剧的形式。黑泽先生在"二战"期间逃进日本俳句、能剧的古典世界里。不只是黑泽先生如此，当时的作家们也都反感军国主义，几乎都是埋首于日本古典的研究。《蜘蛛巢城》的麦克白夫人，饰演"浅茅"的山田五十铃所化的妆，就是把能剧中的"曲见"[1]面具，原封不动挪用过来。黑泽先生总是在确定演员化妆的时候，把能面具的相片摆在化妆室的镜子前面，自己紧盯着演员，一边参考能面具，一边跟化妆师交代他的要求。最后再用相机拍下来，反复多次进行修正。到后来已经完全看不出演员的本来面貌，完全变成能剧面具。虽然山田五十铃小姐的部分，还是看得出来是她。

像是变成妖婆的浪花千荣子女士，化妆后已经完全看不出来是浪花，感觉很对不起她。脸上抹得纯白，不断转

1　编按：能剧中常用来表现发狂中年女子的面具。

动着纺轮的画面,正是来自能剧的曲目"黑冢"[1],台词再以配音方式处理。拍摄的时候只是对嘴。没办法,又不能用她平时讲的关西方言。最后在雷声大作的森林上方道路,狂笑着跑过去的妖婆形象,也是浪花女士本人,脚下穿着运动鞋,来来回回不知跑了多少遍。

《蜘蛛巢城》这部影片不仅是化妆及服装,连构图都像能剧一样,讲究、重视"形"。看完毛片,黑泽先生突然对着摄影师中井先生发飙。说是画面上半部过于拥挤、缺乏平衡感等等,要求重拍。这些对我来说,都是搞不懂的事。

千秋实扮演的城主三木义明的亡灵出现的时候,他的坐姿,以及嘴巴半开的方式,也都是能剧的表现方式。并且,使用曝光的手法,是黑泽先生的神来之笔。在拍摄之前他和工作人员讨论了很久,到底亡灵要如何出场才好。黑泽先生在这种时候,就是会想到完全相反的处理方式。他说:"不要像所谓的妖怪一样弄得暗暗的,改以一片纯白试试看,灯光要尽可能打在他身上。"结果非常成功!虽然摄影方面费了许多功夫。那真是相当辛苦哦。灯光的

---

1 黑冢,能剧经典曲目,改编自位于福岛县二本松市的鬼婆传说。埋葬鬼婆的阿武隈川畔,在当地被称为"黑冢"。

部分当然也很花功夫，三船先生饰演的武士疯狂地挥舞着刀，想要驱赶亡灵，结果亡灵消失之后又出现了，由于整场戏是一镜到底，摄像机移动之际，千秋先生先要急忙跑出去，然后又要进入画面坐下来，把这么复杂的时间点掌握得恰到好处。

一说到《蜘蛛巢城》，还是要提到片尾三船先生暴露在箭雨中的那场戏吧。

野上　到了国外，经常有人问到底那个画面是怎么拍出来的，当我回答说，事实上那都是拿真箭射出来的，他们都感到非常讶异。然后我又说，连意外险也没有保，他们更是惊讶地表示不敢置信。那当然了，如果不是三船先生，其他人是做不到的。不可能干的。负责小道具的小滨也是要背负责任的，他向大家保证，这是在拍《七武士》时用过的方式，不会有问题。不过，听起来还是很可怕。

钓鱼用的天蚕线不会显现在拍摄画面里，因此事先将天蚕线穿过箭矢中央，线的另一端固定住之后再放箭，箭就会依照天蚕线的导引，飞刺向预定点。

道理是知道的，但画面的可怕，不管看多少遍依然觉得震撼。

《蜘蛛巢城》箭雨的戏,黑泽明正在指导三船敏郎演技

野上　最困难的地方在于,天蚕线决不能有稍微松弛,咻的一声射出的箭在空中要是出现一点摇摆,那就糟了。还有,射中之后得要立刻用剪刀把天蚕线剪断。要是箭成功地刺中目标之后,天蚕线还留在空中缠绕,可是很危险的。

话说回来,最感到恐怖的还是三船先生吧。要在瞭望台上一边怒吼"叛徒!"一边四处奔逃,而且必须往指定的位置移动才行。

只在三船先生的身体以及他的四周,安排了天蚕线装置射出的箭矢,离他稍远处的木板墙接二连三射过来的,全是不折不扣的箭矢，是鹰架上弓道部的射手们一字排开射出去的。摄影师用长焦镜头在一旁捕捉画面。黑泽先生说："因为是长焦镜头，距离其实不像看起来那么近，这样比较安全。"

也只有三船先生才可以胜任这个角色，是吧。

野上　换作其他演员，应该是不愿意干的吧，成龙来也是一样。三船先生没办法对黑泽先生开口："这种事我办不到。"因为，两人的信赖关系会崩盘。三船先生决不会在拍片现场询问"这安全吗？"之类的问题，而是以极其冷静的口吻说："好的，好的，看到啪啪啪地射过来，就往那边逃就可以了吧。"不过呢，小滨先生私下透露："三船先生说他每晚都做噩梦。梦见B29轰炸机飞过来要炸他。"我也觉得那当然了。可是，表面上却让你完全看不出来，这就是三船先生的作风。这个恐怖的"飞箭地狱"整整持续了三天。

最后一天，当小滨宣布"明天，不会再有箭雨的戏了"，三船先生非常高兴地买来好几瓶啤酒，喊着"喝吧！喝吧！"跟小滨一起痛快地干起杯来了。

昭和三十二年（1957）还有一部改编作品《低下层》

公开上映。这是高尔基有名的四幕剧，黑泽导演把场景神奇地移到了江户时代的长屋。

野上　这次也是了不起的脱胎换骨，但基本上还是忠于原著的。黑泽先生也说，在《蜘蛛巢城》吃足了苦头，这一次要尽情享受、开心一下。搭景和外景的戏，都在户外搭景，因此每天能不断彩排。"铿锵稀里稀里、奇迹哗啦哗啦，快降下金币之雨吧。"边唱歌边舞蹈的戏，也在录音间每天不断练习。大家都好厉害，尤其是藤田山大力士。负责编舞的是黑泽先生。

说到电影的第一个镜头，不管是哪一个导演似乎都很苦恼，这部片子也是，剧本是从看到一个"前方禁止通行"的立牌开始的。黑泽先生还布置了作业给导演组："希望能让观众一眼就看清楚这个贫穷长屋的情况。有没有什么好方法呢？"当时导演组里最年轻的一位，战战兢兢地提出他的想法，后来被导演采用了。简单地说，那个长屋紧邻寺庙的崖下，似乎快要坍塌。所以，影片一开始以仰角望向寺庙，小和尚们把扫出来的垃圾直接从上方扔下来，说着："反正是个垃圾堆。"摄像机追着落下来的垃圾，将镜头带到下方，让观众看到长屋里的简陋小屋。这时候，寺庙的钟声响起，电影也拉开序幕。

所有的戏都只在搭景棚内拍摄，可说是考验演员实力的电影呢。

野上　本片众星云集。有藤原釜足[1]先生、渡边笃[2]先生、三井弘次[3]先生……只是，大家都过世了。还活在世上的，恐怕只剩下香川京子[4]小姐和加藤武[5]先生了吧。

加藤武先生是出现在哪个地方的呢？

野上　又是长镜头，又没有台词，所以就没注意到吧。不过，这位加藤先生曾引起极大的骚动。

加藤饰演的角色是第三幕最后出现的衙役。因为是将近十分钟的长镜头一镜到底拍摄，所以不只表演，还有摄像机的移动、时间点的掌握，事前不知道排演了多少遍，一直到全都顺利地掌控为止。远超预定的拍摄时间，不过

1　藤原釜足（1905—1985），著名配角。从《生之欲》到《影武者》都参与了。

2　渡边笃（1898—1977），喜剧演员。从《美好的星期天》到《电车狂》等片中皆有重要戏份。特别是《低下层》中的表演得到很高的评价。

3　三井弘次（1910—1979），演员。参与多部黑泽明、小津安二郎作品。重要作品有《人间的条件》《红胡子》《浮草物语》《非常线之女》。

4　香川京子（1931—　），演员。先后与黑泽明合作了《低下层》《红胡子》《袅袅夕阳情》等作品。曾获《电影旬报》十佳奖最佳女配角、蓝丝带奖最佳女配角。

5　加藤武（1929—2015），文学座的代表演员。野上接受采访时加藤武还健在。

这也是常有的事。

香川京子饰演的佳代，被山田五十铃饰演的姐姐用一锅热汤淋了一身，长屋里的居民全都跑出来，打成一团。佳代大叫："你们都是一丘之貉！"哭着说，"大人哪！快把那人给绑起来！"这段高潮戏里，最后出现的衙役就是加藤武先生。

总之，一直排练，磨了很久，好不容易到了要正式拍摄的时候，一切都按照计划顺利进行，所有人屏息以待……结果，加藤先生最后竟然没有出现。只有饰演衙役的佐田丰先生独自一人一步一步地走出来："那个……"接着就听到黑泽先生的怒吼："加藤人呢？"原来，刚刚待在布景后方等待出场的加藤，其实是快要赶不上他舞台剧的出场时间了。于是，文学座的经理和东宝负责演员的主任，两人抢夺加藤，据说闹得不可开交。因为舞台剧是现场演出，对方也是拼了命要抢到人。据说，文学座是把身上还穿着衙役戏服的加藤先生，整个人硬生生架走了呢。

黑泽先生当场怒气冲冲地走出摄影棚，也不知道他要去哪儿，听说是冲到制片组长的房间兴师问罪。想必制片组长也是吓了一跳。

的确很夸张。话说，野上女士离婚，也是在这时候

是吗?

野上　话题怎么转到这里来了……我确实是离婚了。那时候从东松原搬到新宿的公共住宅,平静地过着日子,一直要到拍完《低下层》吧,那时候因为黑泽剧组之外的一份工作,认识了比我年纪小的K先生。他很喜欢音乐,还送了我贝多芬和弗兰克的唱片,有时候也会弹钢琴给我听。我这个人,对这种类型很没有抵抗力,哎呀,说来就是爱上人家了。

这些都是我的私事跟大家都没关系,只不过,我因而离开安稳的家庭,搬到成城租房子住,就在这时候,那最重要的、无比重要的,伊丹万作先生的信,还有竹内浩三写给伊丹先生的厚厚一沓信,我全部用绳子绑起来塞进旧家的壁橱里,就离开了。有关竹内浩三的故事我待会儿再说,总之,感到非常抱歉并且遗憾得无地自容。我一生当中最后悔的,就是遗失信件这件事了。

离开家后我很快就意识到落下了信件,原本只要回去拿就好了,但斋藤在我离开之后,也发生了很多事情,据说是把我的家当整个寄放在亲戚家。那是从来没见过也不认识的亲戚,当然什么都不知道,就说是"好像处理掉了"!

跟黑泽先生谈到离婚的事,他对我这么说:"分吧,分吧。阿孝也会找到更好的对象,能够结婚好几次真是令人羡慕啊！"

　　的确，在那之后阿孝和一位不错的对象再婚了。我想那是他一生中最幸福的时候吧。可是，没有维持很久。真的很叫人难过。对方生孩子的时候去世了，只留下婴儿。

　　黑泽先生说阿孝很可怜，我记得告别式那天也是暂停拍片。守夜那天，我再次造访从前住过的新宿公共住宅。打开门之后传来点香的味道，陌生的大妈前来开门，问道："请问您是哪位？"

　　刹那间，感觉"人生"这东西冷不防被摊在眼前，令我非常震惊。

遗失的竹内浩三[1] 信件

　　刚刚提到了竹内浩三这个名字，我想请问野上女士，后来竹内浩三的信件从此就下落不明了，是吗？

　　他在菲律宾吕宋岛的碧瑶北方高地战死，是昭和

1　竹内浩三（1921—1945），日本反战诗人。以《战死与悲哀》一诗质疑战争闻名。

二十年（1945）4月9日的事。确切日期或许不一定对，不过确定距离"二战"结束只剩下几个月。野上女士不曾见过竹内浩三是吗？

野上 我从未见过竹内浩三本人，伊丹先生和他也是，都是通过信件往来。

竹内浩三从日大专门部的电影科毕业后就上了战场。虽然不曾与伊丹导演见过面，就他和伊丹导演的师徒关系来看，和野上女士的情况很接近呢。

野上 我是后来才得知此事。据说在伊丹家是这样说的："西边有竹内，东边有野上。"因为，我和竹内先生刚好是在同一时期和伊丹先生通信。竹内先生出生在三重县的宇治山田市（现在的伊势市），比我大六岁。毕业于宇治山田中学（旧制），是小津安二郎的学弟，立志成为电影人，不过他几乎不曾提到小津先生。他的日记里曾经写道："今天收到伊丹先生的来信。"那时他刚从久居的连队分配到筑波的空降队，信应该是在兵营里收到的。

之后，伊丹先生收到厚厚的一沓来信，是从筑波的兵营寄出的。那是竹内浩三去战场前夕寄给伊丹先生的信吧。战争结束后，我随即前往伊丹家，伊丹夫人交给我厚厚一沓竹内先生的信，并说："也许他会活着回来呢。忽然从什么地方，嘣一声跑出来的话多好啊！"

是一般信封卷成的圆筒状，相当厚的一沓信。信中也画了图，很有竹内浩三风格，读起来很开心。当藤原书店版《竹内浩三全作品集》的编辑小林察先生打电话给我，想要找竹内先生的亲笔信，询问信的下落如何时，我也不敢告诉他真话，只说"因为种种因素"实在很抱歉……

平成十七年（2005），稻泉连[1]先生写了一本《虽然我也在战时出征：竹内浩三的诗与死》，描写竹内浩三的事，获颁大宅壮一非虚构文学奖，在颁奖典礼上竹内浩三的姐姐（松岛女士）和野上女士十分亲切地聊了起来，令人印象深刻。是怎么和他的姐姐熟稔起来的呢？

野上 昭和五十九年（1984）我参加嘉娜宝特别赞助的女性人道纪实文学奖，以《给父亲的安魂曲》获奖之后，打算继续以竹内浩三为题材投稿，因此去了一趟伊势和松阪（他的出生地），跟他的好朋友以及姐姐进行访谈，之后就有了往来。

---

1 稻泉连（1979— ），纪实作家。

当时的原稿现在还读得到吗？

野上　当然我有备份。事实上已经交给山田洋次[1]导演，请他看看适不适合放在电影里。更早之前，我还跟纪录片导演牛山纯一先生说过，到了夏天，电视台会需要战争相关的节目，要不要考虑在NHK制作"竹内浩三的青春"特集。

这些构想后来演变成电影《母亲》，是吧？

野上　是这样没错。竹内先生是诗人，但也画了许多漫画，我想可以很容易拍成影像。导演方面，山田洋次先生应该是不二人选。也只有他才有办法充分发挥竹内浩三的幽默感。结果，山田先生以前就知道竹内的诗，说他也想把竹内的故事拍成电影。

于是请导演读了本人向读卖纪实文学奖投稿但落选的作品《没有颜色的旗帜——追悼诗人竹内浩三》。后来又让导演读了我获奖的作品《给父亲的安魂曲》，山田先生说："这部作品比较能让我联想到很多画面。"当然，这部影片能拍成的决定性因素，还是在于主角吉永小百合女士。

1　山田洋次（1931—　），编剧、导演。代表作为《寅次郎的故事》长寿系列电影，有庶民导演之誉。《黄昏清兵卫》是他的"武士三部曲"之一，颠覆以往的伟大武士形象。

就我的观点而言，像竹内浩三这么优秀的青年，为什么非去战场赴死不可，我想做的是类似这样的题目。一开始是《朝日新闻》上刊载了竹内浩三《战死与悲哀》这首诗，之后大家才慢慢得知他的故事。

竹内先生这个人，完完全全继承了伊丹万作先生的品位标准。能够以轻描淡写的方式、不流于滥情的知性笔调，甚至带着点幽默来批判"战争"这么一个沉重的命题。您知道竹内浩三先生为何会写信给伊丹先生吗？

野上　当然是喜欢伊丹先生电影的啦。读竹内浩三的日记，你就会明白他是想当导演的，所以才会考进日大电影科吧。

野上女士是怎么得知竹内浩三战死的消息的呢？

野上　前往采访的时候，他姐姐给我看了当年军方寄来的通知。不过，最早是从伊丹夫人那里得知的，当时她请我代为保管竹内先生的信。

伊丹夫人之所以请您代为保管那些信，含有竹内有可能已经回来了，或者可能会回来的意思。当时有些人接到战死的通知，但战死的士兵却突然跑回来，常有这种例子。

野上　确切情况怎样，已经记不清细节了。前往菲律宾之前，待在筑波的空降队长官是三嶋与四治先生（后来是松竹的制片人，并担任董事）。读了竹内浩三日记会明白，他很了解竹内的想法，会跟他说："竹内，你要不要动脑筋想个什么新玩意？例如说气球炸弹之类的。"诸如此类，都是一些很开心的事。我当然也去采访过三嶋先生，他对竹内浩三的事已经毫无印象了。不过，好像是被其他部队带去菲律宾了。

通过战友会的介绍，我见到了很可能是最后见到竹内浩三先生的人，听说了当年的事。当时在菲律宾已显露战败迹象，军队都被打散了，丛林里摇摇晃晃走出来两名士兵，其中一人要求说："拿米来交换我这把枪！"被拒绝之后，两人又摇摇晃晃地走掉了。竹内先生所属的空降队配的不是普通部队的枪，因此，看了那两人的枪，就知道是空降队的枪。

我问他有没有看见绣在对方身上的名字，他说："我不记得有没有挂名牌，不过约略长这样……"就他的描述，感觉搞不好就是，但结果还是无从得知。不过，那个人还说："总之在战争中最珍贵的是盐，所以直至今日看到相扑比赛在现场拼命撒盐，还是觉得好浪费哦。"这话是十分真实的。

第三章　悄悄出现的不协和音

黑泽制片公司时代

1960年的黑泽明作品，转变为东宝影业与新设的黑泽制片公司共同制作的形态。不论是从好的或是坏的方面来看，"公事公办"已经成为东宝公司的基本营运方针。就算是"名闻天下的黑泽"，也不例外吗？

野上　结束《低下层》"什么都要搭景的舞台剧般的工作"之后，出于逆反心理，黑泽先生表示："接下来要拍一部百分之百的娱乐电影，像西部片一样快节奏、规模浩大的。"于是就拍了《战国英豪》。可是，这部影片的外景作业又大幅超出原先预定的时间，于是，东宝开始盘算："是不是也应该请黑泽来分担一部分制作费呢？"结果，就在1959年4月，"黑泽制片公司"成立了，并且订下契约：无论赚钱或亏钱，都由黑泽制片公司与东宝影业对半分。而公司的首部作品，就是《恶汉甜梦》。

当时好莱坞也出现伯特·兰卡斯特[1]成立"希尔—赫克特—兰卡斯特公司"，与福克斯影业合作拍摄电影《鸳鸯谱》等等，个人制片公司与主流公司之间联合制作的模式逐渐成形。早在1940年代，卓别林就已经采用这种方式制作电影了。

野上　黑泽先生说："如果被人家说，成立制片公司可以赚一半之后，就赶着拍会卖座的电影，我会很生气，因此第一个作品要以'贪污'为主题。"写这剧本真的是煞费周折，据说是动用五个人写了整整85天。最后发展成复仇戏码，真的有些牵强。

印象最深刻的是，加藤武先生争取到重要角色，后来却被磨得很惨。加藤先生是非常好的人，又很风趣，是我很喜欢的演员，可他当时穷到靠热狗面包撑上一整天，是文学座里贫穷的新人。忽然要他演一个西装笔挺的进口汽车销售员，确实强人所难。

1　伯特·兰卡斯特（Burt Lancaster，1913—1994），演员、制片、导演。曾凭借《孽海痴魂》获第33届奥斯卡最佳男主角奖。

单从外表看起来，确实一点也不像呢。

野上　黑泽先生表示了意见："不够老练。打开车门进去的时候动作要更利落一些。"可是，那本来就不是他的强项。最先出场的时候，他被要求"在打开门以前，先轻盈地跑上楼梯"，可画面上是看不到这一段的哦。虽说如此，导演还是要求他"要进入那样的氛围里"，结果加藤为此很努力地花费了半天时间，在制片公司本馆楼梯反复练习轻盈跑上楼梯的动作。

加藤被迫像这样一次又一次的排演，正式拍摄也NG了好几次。和他一起演对手戏的三船先生，完全看不到嫌弃的表情，几十遍都毫不厌倦地重复着同一个动作。

据说，加藤先生打心底敬仰三船先生。变成明星之后，谁会去理会、参与这种新人的试拍或对戏呢？但那就是三船先生。不愿意变成明星，不想被当作明星，态度坚定而明确！

被誉为"闻名世界的三船"，想不到还有如此不为人知的一面，实在令人难以置信啊。虽然《恶汉甜梦》票房失利，却从中透出典型黑泽明风格的坚定正义感，您说是吗？

野上　我也这么觉得，我个人对《恶汉甜梦》也有着

在《恶汉甜梦》摄影棚内，右起黑泽明、加藤武、三船敏郎、藤原釜足（东宝提供）

各式各样的回忆。尤其是伊丹十三和川喜多和子[1]结婚的事，永远也忘不了。拙著《等云到》的《哀悼伊丹十三》一文中已有描述，在此略过不表。那时和子刚从伦敦留学归国，为了学习如何当导演，第一次来拍片现场见习，就是《恶汉甜梦》的时候。我负责照顾她，一起相处了很长一段时间。回想起当年，她麹町家中西式房间的落地窗外，阳

1　川喜多和子（1940—1993），电影事业家，电影事业家川喜多长政与"日本电影之母"川喜多贤子的长女。曾为黑泽明助理、伊丹十三第一任妻子。与后来的丈夫柴田骏创立法国电影社，并担任副社长，极力推广艺术电影。

光照在悬铃木叶子上，随风摇曳闪耀着金光的画面，不时浮现在我眼前。

那是大家一起看戈达尔的电影《精疲力尽》，一起为之兴奋的年代。我经常搭和子的希尔曼便车到麹町，登上石阶一打开门，她便说："请进请进，不用脱鞋。"穿着鞋子就直接进入屋内。嗯，洋派作风，我也想模仿一下，却总觉得不自在，索性把鞋子给脱了。

结婚之前，当时导演组的西村洁[1]和松江阳一[2]先生也会过来，听听MJQ（以米尔特·杰克逊为中心组成的现代爵士四重奏乐团）的唱片。

3月22日，《恶汉甜梦》在"NI汽车公司"的搭景棚开始拍摄。就是从刚才提到的，加藤武先生被折磨的那场戏开始拍。只是无论如何都想不起来，究竟是在哪里把岳彦（伊丹十三）介绍给和子的。如今他俩都已不在人世，也没有人知情。不过我想应该是在某个酒吧或者饭店吧。

---

1 西村洁（1932—1993），导演。在东宝时期，曾在黑泽明、本多猪四郎、成濑巳喜男的团队中担任助理导演。

2 松江阳一（1930—2019），演员、制片。参与黑泽明剧组多部电影的制片工作。参见本书《从自杀未遂到远征〈德尔苏·乌扎拉〉》一节。

和子小姐是以助理导演的身份参与《恶汉甜梦》拍摄的吗？

野上　没错。开拍之后，黑泽先生一如往常会先看毛片，然后再进行剪辑。和子也都跟着我来到剪辑室。但自从认识了岳彦之后，她有时会跟我说："我今天可以不去剪辑室吗？"说是"因为跟人家约好了"，就先离开了。和子是一个很坦率的人，隔天还会一五一十向我报告在哪里干了一瓶白兰地之类的，所以我知道他们已经交往到一定程度了。

真是爱神丘比特啊，野上女士的角色。

野上　是这样啊，是不是等到电影杀青才结婚，这部分找不到相关记录，已经不可考了。我只记得婚礼前一天跟和子一起去确认喜宴菜色时，吃了一口鱼子酱，真是贪嘴啊。

我想是他们结婚后不久的事，1960年9月9日岳彦参与了圈内人才知道的电影《大海啸》的演出，并且跟和子一起前往长崎县的小滨温泉拍外景。

《大海啸》……只有少数圈内人才知道的电影！

野上　《大海啸》是根据1938年诺贝尔文学奖得主

赛珍珠[1]的原著改编，1960年日美合作的电影。虽说如此，从美国过来的仅有赛珍珠女士、导演泰德·达尼耶鲁斯基（及其妻儿）、导演组以及化妆师，其余全是日本人。演员有早川雪洲、伊丹十三（当时叫作一三）、五十岚信次郎、翁倩玉、笹留美子（现在的渡边修三夫人）、中村哲和千石规子，一群英语很流利的演员。因为，全片都是英语对白。所有的外景都是在日本，饰演渔夫的日本人却都以英语交谈，确实是相当罕见的画面。

话说那时候，和子从小滨寄明信片给我，或许是新婚的小两口还处于蜜月期间，而且片酬也很优渥的关系，她在明信片里写道："在这里不必担心钱包的问题，尽管买自己喜欢的东西，渔获美味得很呢。"

赛珍珠女士待在日本期间，似乎是山口淑子[2]担任她的助理对吧？

1 赛珍珠（Pearl Sydenstricker Buck，1892—1973），美国作家。年幼随双亲前往中国，后返美受高等教育，而后旅居中国多年。小说以描绘东西文化的差异闻名，代表作《大地》（1931）获普利策小说奖，1938年成为美国第一位获诺贝尔文学奖的女性作家。
2 山口淑子（1920—2014），歌手、演员、政治家。出生于中国，1937年开始以李香兰为名出道。战后返回日本，恢复本名山口淑子于日本艺能界发展。

野上　这样子哦。工作人员的阵容也很惊人。特效是圆谷英二，摄影是山崎市雄，音乐是黛敏郎。为什么我会记得这么清楚，因为在2005年，一群特效摄影爱好者举办了一场"电影《大海啸》与赛珍珠研究会"。为了回答他们提出的问题，我还特别请教了川喜多纪念电影文化财团[1]的小池晃先生。根据小池先生的说法，这部电影在当时并未公映，只在1962年4月于弘前国民剧场，由东和映画独家放映，详细内容刊载在《映画秘宝》杂志2005年12月号。

就在《大海啸》公映（只在一家戏院）那年，伊丹一三拍摄了十六毫米的独立短片《橡皮枪》，与敕使河原宏先生的出道作《陷阱》一起在日本艺术剧院协会联合放映。

前些日子，我和当年参与演出的伙伴们碰面看该片，想起好多令人怀念的往事呢。犹如文化沙龙的客厅正中央摆了一张暖桌，不时有演员或制片齐聚在这里把酒言欢。

当时一三迷上拉小提琴，已经能够娴熟演奏巴赫之类

1　川喜多家族三人成立的组织。川喜多夫妇也创建了日本电影图书馆，川喜多长政过世后，更名为川喜多纪念电影中心。除了欧美与日本电影的交流，也推广艺术电影。

的曲子，因为他习惯把东西学到精熟的程度。他的左下巴还有练习小提琴长出来的茧呢。知名小提琴家前桥汀子小姐也来了，玄关门口放了一个存钱筒，上头还有牌子写着："赞助前桥小姐购买斯特拉迪瓦里[1]小提琴"。

《橡皮枪》一开始属意和子的模特儿朋友担纲女主角。但由于她去了瑞典，所以才换成鹰理惠子主演。拍片期间我只去过一两次，她似乎工作得很开心。和子身兼导演组工作和大厨。

也不知道从什么时候开始，一三的演员工作变得相当忙碌，有时会接到和子打来的电话说："他昨晚也没有回家。"

基本上，无论是男女关系还是工作，男人追求的不外乎是想要确认自己的价值。陶醉在换对象之后被赞美的感觉，男人的原动力不就是虚荣与嫉妒吗，这也是我逐渐上了年纪之后的感想和结论。

之后，众所周知，一三于1969年与现在的夫人宫本信子再婚，并且改名为伊丹十三。

1　安东尼奥·斯特拉迪瓦里（Antonio Stradivari，1644—1737），意大利克雷莫纳的弦乐器制造师。他手工制作的名琴造价不菲，音色与共鸣性俱佳，深受小提琴家尊崇。

话说回来，黑泽先生担任奥运纪录片导演，也是在这段时间吧？

野上 《恶汉甜梦》是1960年8月22日杀青的。所以，是在那之后不久吧。黑泽先生受邀拍摄东京奥运会纪录片，还亲赴罗马奥运会观摩。当时他相当投入。我记得他对我说："下回要拍奥运，来帮我忙吧。"我回答他："可是运动方面我根本一窍不通。"他回答说："没问题的。首先，又不用担心镜头衔接得流不流畅。"

去罗马的时候，同行的还有从《战国英豪》以来一直在导演组工作的松江阳一先生。松江先生与增村保造先生两位都曾在意大利攻读电影，不但会讲意大利语，法语和英语也很流利。后来，也担任《德尔苏·乌扎拉》的制片工作。

据说，三船敏郎也参加了这次罗马之行。前不久，他儿子三船史郎还告诉我："我们家有那时候的照片哦。"黑泽先生很开心地回来，跟我说他打算怎么拍奥运纪录片。基本上，黑泽导演非常喜欢各种运动赛事。只要出现美式足球、棒球、高尔夫球、相扑的节目，他会目不转睛地盯着电视机看。

黑泽先生有什么样的构想呢？

野上　按照黑泽先生的构想，首先，时时刻刻都要能看到奥林匹克各国国旗随风飘扬的画面。旗子垂下来的话，画面会很难看。导演还说："克里姆林宫的红旗不是时时刻刻都随风飘扬吗？那一定是从底下不停地送风的关系吧。所以要用通风管什么的送风，就没问题了。"

其次是"奥运的亮点是田径场上的百米赛跑。可以先用实际的速度拍摄，之后再以高速反复播放。这是只有电影里才做得到的"等等，很开心地告诉我这些构想。说起来容易做起来可不轻松哦，无论如何，以他剪辑的才华，不同于市川昆[1]导演的成果，应该可以拍出具有震撼力的纪录片。

结果，因为预算过不了关，导演似乎丢下一句就直接拒绝了："那么就无法拍摄了。"至于详情，就不得而知了。

那黑泽制片公司后来的运营状况又如何呢？

野上　《恶汉甜梦》于9月15日上映。唉，或许可以说是求仁得仁吧，票房实在是惨到不行。

不过，1961年的作品《用心棒》票房大卖之后，在东

1　市川昆（1915—2008），电影导演。曾拍摄1964年日本夏季奥运会的纪录片《东京奥林匹克》，为1965年戛纳国际电影节闭幕影片。

宝不断催促之下拍摄的《椿三十郎》于隔年正月首映，票房也开出大红盘。我想黑泽制片公司最赚钱的，应该就是这段时期。

紧接着，约翰·斯特奇斯翻拍《七武士》的版本《豪勇七蛟龙》在美国也创下卖座佳绩。《用心棒》变成了赛尔乔·莱昂内导演、克林特·伊斯特伍德主演的意大利影片《荒野大镖客》。但由于这部影片不是翻拍，而是剽窃，黑泽制片公司应该拿到了一笔数目可观的赔偿金。

为了这起剽窃事件的调解工作，东和的川喜多长政社长四处奔走，似乎是争取到相当优渥的条件，但一牵扯到金钱方面的问题，不擅于处理数字的黑泽先生，似乎就对川喜多社长多少抱持着一些怀疑的态度。

这和黑泽导演终其一生对制片商抱有的不信任感，也是同样的情况吗？

野上　没错。东和商事株式会社（现东宝东和的前身）在战争年代事业规模就很大，有钱也是理所当然。社长位于镰仓的家是传统日式豪宅，主屋之外还有专门招待外国客人的耳房，附近还有私人游泳池呢。那时候，日本有钱人家里拥有私人游泳池的并不多。

有一天，川喜多和子邀请我去镰仓的家。说是因为长政社长刚回国，游泳池里刚放水。我不会游泳，就抱着大型救生圈，还借了和子的泳衣去到泳池。当时正值初夏，阳光灿烂耀眼，树荫下的泳池清透而闪闪发光，果真是"阳光普照的大地"[1]。随后长政社长及夫人相偕来到泳池，夫人穿起泳衣的样子，对平时只能见到她穿紫色和服的人来说应该难以想象。我一屁股坐进救生圈里，在泳池哗啦哗啦地划着水，长政社长在一旁指导和子如何跳水。这番情景很能让人感受到父亲对女儿的爱。过了好一会儿，夫人的妹妹小芙出现在池畔，对大家说："现在是下午三点了哦。"给我们带来了造型可爱的饭团。

如今和子、社长夫人相继辞世，川喜多一家骤然崩解，当年的午后时光，难以忘怀的一幕，尤其令人感到弥足珍贵。

臻于顶峰的《天国与地狱》和《红胡子》

乘胜追击的黑泽制片公司，又制作了《天国与地狱》

1　*A Place in the Sun*（1951），美国电影，中译名为"郎心似铁"。

以及《红胡子》两部影片，眼看着电影事业即将臻于顶峰了吧。

野上　黑泽先生在《椿三十郎》上映那年，1962年9月从狛江搬到松原居住。买了捷豹的车，雇了司机。或许有人认为，生活上的变化影响了他的思维，之后就是那部杰作《天国与地狱》。从照片上看，好像是从这时候开始，他都是戴着鸭舌帽和墨镜亮相。

黑泽先生曾说："关于《天国与地狱》，挪用艾德·麦克班恩原作[1]的部分，其实只有误认小孩的情节而已。"确实，为了符合日本国情，这部影片里出现了当时刚开始运行的新干线列车"回声号"（KODAMA），还有横滨的毒品街，最后拍成了一部很棒的侦探推理作品。

黑泽先生还说："推理作品的铁律是，一定不可以忽略时间因素。"所以在"回声号"实际运行的时间之内，剧情紧凑地进行，那是出动八台摄像机同时拍摄的成果。相当扣人心弦。

租借"回声号"来拍摄，花费相当高吧？

1　艾德·麦克班恩（Ed McBain，1926—2005），美国著名侦探小说家，原作小说为《金格的赎金》。

《天国与地狱》的棚内拍摄，右起黑泽明，右三即是作者，左手边前方这位是三船敏郎（东宝提供）

野上 那段拍摄是把东京到热海间行驶的"回声号"整个包下来。费用是以全车乘客从东京坐到热海之间的车资计算。而且只算单程票价，因为，回程是用空车回送的方式。因此一次就决定成败，所以事前要在品川车库彩排，工作人员也要先试拍，准备工作其实相当辛苦。

试拍的时候，导演组工作人员扮演犯人，带着小孩站在铁桥下的砂石堆上。就在三船先生要从车窗确认小孩子的关键时候，摄影师中井朝一先生发现影片里最重要的这一刻，前面房子的屋檐刚好遮住了小孩子。中井先生拿着那张照片，来找在棚内拍摄的黑泽先生讨论。

当时我不在场，是导演组的出目（昌伸）先生告诉我的，黑泽先生只是一直嚷着："怎么办呢？怎么办呢？"完全没提到"这样做吧"或是"把屋檐拆掉"这类的建议。把屋檐拆掉这件事，常常被当作"黑泽天皇"或"完美主义"的经典例子，但实际上他只是说"怎么办呢？怎么办呢？"。不过，既然他这么说了，总得想个办法。因为已经是拍摄前倒数两天的事了。

原来是这样啊。这是典型的"夸大其词"的例子呢。

野上　后来，担任执行制片的根津博，带着负责大道具的两个工作人员去拜访那家主人。有问题的二楼，只有一个九平方米大的儿童房。或许是因为男主人刚好去住院了，只剩女主人在家，才有办法顺利解决。

据说根津博跟对方约定，拍完之后一定会恢复原状。于是得到女主人的许可，很快就把二楼拆掉，盖上一块塑料布。现在看到影片拍出来的效果，觉得这确实是正确的决定。可以清楚看见犯人戴着帽子站在砂石堆上对吧。正因为有中井先生这样资深的前辈才能点出这个问题。当时似乎也把砂石堆又堆高了一些。根津博还告诉我："不只是包了红包给对方，还拜托建造这栋房子的工匠，动员了真正的木工师傅，把房子恢复原状之后才还给人家。"

《天国与地狱》的高潮戏，"回声号"列车内的拍摄情况如何呢？

野上　正式拍摄时有八台摄像机，几乎是屏气凝神在拍摄。因为，真的是利用"回声号"行驶期间拍摄完毕的。在狭小走道中用手持摄像机拍摄的追逐戏，呈现出高张力的真实感。因为，毕竟这是拍摄时的兴奋感，与戏剧张力相乘相加之后得来的效果。

总之，最后还是按照原定计划在电车抵达热海之前拍完了，紧张感一解除，摄影师以及剧组人员便开怀大笑，随意闲聊起来。因为，这可是召集了八台摄像机的团队才完成的啊。

随后"回声号"回送东京，根津先生邀请黑泽先生、仲代先生及其他工作人员，说道："大家辛苦了，三船先生在餐车准备了啤酒，请各位一起来享用吧！"

"真的很懂啊！三船兄！"大家都这样说着，开开心心地走到餐车去。已经放松下来的三船先生与村木先生，早已经等在那里，拿着啤酒杯说："刚才真是不简单哪，辛苦了，辛苦了！"嗯，真好喝！大家正开心的时候，紧张到脸色苍白的助理导演松江阳一先生跑进来，跟摄影师中井先生咬起耳朵说悄悄话。黑泽先生不禁开口问："怎么了？"

副导森谷司郎先生一边使眼色，一边说："最后那节车厢的两台摄像机，听说有一台发生故障不能动了。"

黑泽先生一瞬间眉毛一皱，那时他脑中的剪辑机应该是在超高速运转吧，最后丢了一句："总之，先看了毛片再说。"后来，加藤武先生跟我说："就我一个人再搭乘回声号，重拍了一次。"我自己已经完全没有印象了。

以三船先生、仲代先生为首的演员表现非常优异，扮演司机的没什么名气的佐田丰先生似乎也演得不错对吧？

野上　我认为演出人员里面最辛苦的，就是饰演司机的佐田丰先生。佐田先生是那种马上可以找来演路人甲的临时演员。在《七武士》一片中饰演四处逃跑的农民。因此，他感到一辈子可能只有一次机会扮演这样的要角，整个身体变得僵硬起来，一副心惊胆战的样子。结果，反而不管是外形，还是个性，都非常适合这个角色。

不过，他最辛苦的地方其实是开车。因为他演的是司机呀！首先要取得驾照并不简单。当时的日本社会，能拥有私家车的还只限于演艺明星。更伤脑筋的是，还要会开左驾车款的奔驰车。教练场既没有奔驰，也找不到左驾车啊！

有一幕是在可以看到江之岛的腰越别墅区，为了寻找犯人的家，司机要开着后座载着小孩的奔驰绕来绕去。那一带上下坡特别多，很恐怖的。佐田先生一边开车一边踩刹车，后面的孩子还会从座位上弹起来，佐田先生说他吓坏了。剧组担心这么做很危险，还安排了一名奔驰司机躲在佐田先生脚跟旁，说是万一紧急时刻这名司机还可以拉起手刹。但是，据说这样反而让他更觉得恐怖了。

这部电影还有一点让人忘不了，新人山崎努[1]先生鲜明的个性。

野上　山崎先生当时还是文学座的见习生，也演过几部电影。据说他参与选角出现在黑泽先生面前时说："与其参与这部电影演出，还不如以观众身份来看电影比较好。"这句台词应该也是想了很久才讲出来的吧。不过，最后还是决定由他担纲出演，等于是完美的出道作品。

饰演犯人的山崎先生，在片中是这样登场的：乌黑的排水沟里倒映出犯人的模样，象征他被污染的人生。然而，这个镜头却很不好处理。

1　山崎努（1936—　），演员。1960年参与电影《大学的山贼们》出道。出演《天国与地狱》中的绑匪角色后开始受到注目。后亦出演黑泽明电影《红胡子》《影武者》等作。

剧本里写着"沿着运河的道路""恶臭且脏如沥青般的水""年轻男子手拿一卷报纸,拐进杂乱的小巷"——这时候黑泽先生的脑袋里,应该已经出现特定影像了吧。

　　不过,那也无从求证。小道具组员一大早从片厂把一些装满垃圾的大袋子运送到外景现场。到了现场之后,全部放在橡皮艇上,从河中间一边往下游方向走,一边向河里四散垃圾,就像花开爷爷[1]一样。看到这景象,黑泽先生气得火冒三丈,对小道具组员说:"搞什么名堂!别给我瞎搞!"结果当天的拍摄作业只好暂停。

　　垂头丧气的导演组及小道具组员讨论之后,决定拜访横滨清扫大队,跟他们商量:"……因为有以上各种考量,我们想用真的垃圾把这条运河弄脏。戏拍完之后,一定会把它清干净。"之后大约花了一个月时间吧。在排水沟边像拦沙坝似的竖起好几根竹扫把,挡在那里把垃圾拦截下来。河水终于变脏了,等到它再释出一阵恶臭,总算可以拍摄了。水面上映照着犯人山崎的模样,背景音乐是舒伯特的《鳟鱼五重奏》。原本打算使用美国民谣组合四兄弟演唱组的《绿草地》,后来因为版权费过高而作罢。

1　花开爷爷,日本民间童话角色。描述善良老爷爷受小白狗托梦,将其骨灰撒在枯萎的樱花树上而遍地开花的故事。

说到外景地，山崎先生去的那家大型酒吧还是舞池酒吧什么的，也是一间令人难忘的酒馆。

野上　那个交付毒品的酒馆，是根据横滨一家"根岸屋"酒馆的样子，在片场搭景拍摄。我想天花板的镜子应该是黑泽先生的点子。酒馆四周贴满了"烤鸡肉串多少日元，烧酒多少日元"的菜单，总之就是一个很混乱、很热闹的地方。但食物都是真的哦。我们请美军提供协助，出动了很多大兵充当临时演员。因为，外景地就在横滨嘛。吃烤肉的桌子旁边，还有黑人士兵在跳贴面舞，黑泽先生大为满意。

不过，佐藤胜先生得到的指示是，要用日本流行歌曲来搭配这个舞蹈。可能是为了配合现场的环境吧。黑泽先生却说："放这种曲子的话，美国大兵不会跳哦。"最后又说："还是放真正的爵士乐吧。"突然接到这样的指令，副导演森谷（司郎）先生也很头痛。

结果，当时我刚好住在附近，就奔回家去拿塞隆尼斯·蒙克[1]的磁带。虽然这也不适合用来搭配舞蹈，但记得当时是用它来拍的。当然最后还是替换成佐藤先生的配乐。

1　塞隆尼斯·蒙克（Thelonious Sphere Monk，1917—1982），美国爵士乐钢琴家和作曲家，演奏风格独特，被认为是爵士乐中的怪杰。

《天国与地狱》于1963年3月1日上映。也创下了票房佳绩。

接下来的《红胡子》成了黑泽制片公司与东宝合作的最后一部电影对吧。

野上　将近1963年底的12月21日，黑泽明的巨作《红胡子》开拍了。位于千叶县野田的田地上，有一场戏是山崎努饰演的佐八在追求桑野美雪饰演的名嘉。残雪一望无际的田地里，几十台外景车一字排开，相当惹眼。明明只有两个角色，却看到了超出预期的一堆车。于是，导演发飙了："那些车是在搞什么？""我又不是在拍《宾虚》[1]！"可是这些车各有其作用啊，总之，就是很显眼。

直到隔年1964年12月19日，整整花了一年，《红胡子》才杀青。后期制作又得等到隔年，1965年的事了。上映是4月3日。头尾足足花了三年时间。

就像黑泽先生自己说的"是我的集大成之作"，甚至说是"想要拍成到结尾时贝多芬《第九交响曲》合唱会自动在耳边响起的作品"，真的是一部近乎完美的作品。

1　《宾虚》，1959年美国黄金时期电影，由威廉·惠勒执导，查尔顿·赫斯顿主演。以壮观的古罗马战马厮杀场景著名，因此黑泽明才有此一说。

据说，原著作者山本周五郎看完电影也赞不绝口："比原作还要出色！"

遗憾的是，三船敏郎在这部作品之后，就不曾在黑泽电影作品中出演了。关于这点，我会在随笔集里讲我的看法，此处就不再赘述了。

然而，回顾过往，在《红胡子》之前，三船先生于1962年就成立了三船制片公司。隔年，在东宝影业的藤本真澄制片人等的鼓动之下（可能是要纪念处女作出品，以表祝贺），采用菊岛隆三[1]原创剧本的《五十万人的遗产》，制作了以三船敏郎为导演的首部作品。这件事在拙著《等云到》当中也写过了，在此略过不提，而这部电影是委托黑泽先生剪辑的。三船先生原本不打算这么做，但最后还是不得不拜托他。并且，黑泽先生这边也是不得不接受。没办法，两人是长久以来的好朋友，而且这是三船敏郎首度担任导演的众所瞩目的作品。

从一个观众的角度来看，当时总觉得跨足导演的三船先生和他的形象连不到一起……

1　菊岛隆三（1914—1989），剧作家。1949年参与黑泽明电影《野良犬》出道，后又与黑泽明合作《蜘蛛巢城》《红胡子》等九部电影剧本。

野上　是这样没错。我想三船先生从未发号施令过，像是"准备，开拍!"或是"卡"这些指令，全部委由稻垣浩旗下的小松干雄负责执行。我想那是因为，三船先生考量稻垣团队的感受，才提拔他的。不然，为什么其他工作人员都是黑泽剧组的成员呢。

而且这剧本没那么好。即便如此，由于是菊岛隆三老师的原创剧本，三船先生也没有置喙的余地。发布会上也公开致辞说："能取得这么棒的剧本，真是感到荣幸。"

剧本不好，导演又好似不存在，工作人员又不像在黑泽剧组般使尽全力。到菲律宾去取景，那时候也是第一次出国拍外景，大家都忙着欢乐地买特产。这样哪能拍出好电影啊。真是可怜了三船先生。

剪辑高手黑泽先生下海也救不了吗？

野上　这部影片是东宝子公司宝塚映画出品的，剪辑也是在宝塚工作间完成的。三船先生可是把黑泽先生与他家人都请来了。黑泽先生在剪辑室，每天看着这部影片的胶片，也许还生着气："三船这家伙，到底在搞什么啊？"回想起从前在剪辑谷口千吉的《银岭之巅》[1]时，影片中令

1　《银岭之巅》由谷口千吉执导、黑泽明编剧，1947年上映。为三船敏郎演出的第一部电影，从此三船与黑泽明共合作了16部电影。

人心醉的三船敏郎,刚好是两个极端对比。

数不清的精彩好戏

具体而言,为什么说《红胡子》是巅峰之作呢?还有黑泽先生与三船先生在现场的表现,我们也想听听野上女士对《红胡子》的看法。

野上　好的。《红胡子》是在1963年年尾开始,如前所述花了一年的时间拍摄的。其间因为《五十万人的遗产》的开拍造成的变化,尤其是两人之间关系的变化,并没有显著迹象。不过,黑泽先生也曾对三船先生说过:"不要忘了,红胡子医生不只是很伟大,他还能了解每个人背后的辛苦和血泪。"这似乎是当初要改编电影的时候,原著作者山本周五郎先生对黑泽先生的期许。

关于《红胡子》,我特别想提的是,饰演年轻医师保本的加山雄三真的很棒。黑泽先生发掘了内藤洋子[1]、二木辉

1　内藤洋子(1950—　　),演员。曾参与《伊豆的舞女》《地狱变》《大菩萨岭》演出。

美[1]的青春艳丽、桑野美雪[2]的女性特质。虽然大家都说，黑泽先生不会描写女性，但我希望大家能看看这部电影里出现的女性。不是描写得相当细腻吗！

摄影、美术、灯光、录音等工作人员的表现也十分优异呢。

野上　村木先生的搭景一如既往维持着高水准，实在是太厉害了。拿着风铃的山崎努与背着小孩的桑野分开时的斜坡那里，甚至连巨型屋檐也都是搭景做出来的。虽说只是把一部分建筑物放大，这是在文乐或歌舞伎表演上常见的手法，但黑泽先生也很佩服村木先生，称赞他："如果是要做大型成品，无人能出其右。"所以，黑泽先生也很自豪能有这么棒的布景，拍摄中也同意开放让人来参观。外国访客也很多。连彼得·奥图尔[3]也来访过呢。

那场戏的最后一幕是山崎要去送别时手中提着风铃，摄影师以跟拍镜头追踪风铃。真是拍得太好了。因为是

1　二木辉美（1949—　），演员。饰演《红胡子》中的阿丰一角，被红胡子从妓院中救出，她因此片获得蓝丝带奖最佳女配角。
2　桑野美雪（1942—　），演员。饰演《红胡子》中的名嘉。
3　彼得·奥图尔（Peter O' Toole，1932—2013），英国电影演员。代表作为《阿拉伯的劳伦斯》。2003年获颁第75届奥斯卡终身成就奖。

长焦镜头，女人的身影始终维持原样不会变小。男人想要搂住对方的心情也传达出来了。那种风铃，据说在江户时代的灯笼花市还看不到，是要等到明治初期才出现的。可是，黑泽先生让他们两人相遇时，吊挂的风铃齐声响起，为了达到效果而忽略史实。只能说这就叫作"导演"吧。因为，电影就是这么具体的呈现，只能接受导演想传达的感觉。

　　日本对于那样的导演技巧几乎不会做出评价，似乎对抽象的思想，或者传达的信息会有较多批评意见。

　　野上　我最喜欢的场景之一，是片尾新人互相祝福的地方。笠智众先生不是这样说吗："这样就很好了，这样就很好了。"那是在东宝的户外空间做的搭景，本来计划在棚内做搭景。下雪日子的隔天早晨，阳光闪耀而刺眼，实际上也会感觉那是下雪的日子。吹在雪地上的凛冽寒风，仿佛也传送到观众席上了。从对面屋檐落下的雪水，也是美术部门很努力从导水管滴落的。正是这种"呈现"的天赋，凸显出剧组的才华。

　　《红胡子》片中的雪景还有其他能留名影史的美丽场景。比如佐八（山崎努饰）和名嘉（桑野美雪饰）相遇的场景，就是名嘉将伞借给在雪中赶路的佐八那场戏。

那场雪，不是稍微下一点就好。那么长的镜头，还要能看到屋顶上的天空，当然需要为此做些机关。可是，万一穿帮就不妙了。小道具组员准备了好几天，在半空中拉开钢索，把好几个装满雪的铁丝网箱像缆车一样地吊起来，一边摇一边拉。

雪的材料，以前固定用面麸。就是做菜会用到的面麸。用刨刀刨下棒状颗粒。这就是传统的细雪作法。虽说，现在是以泡沫塑料为主，却又太轻了，会整个往上飘。不过面麸的缺点是怕湿气，有一点湿就会黏在铁丝网上掉不下来。

这个借伞的场景也是，盖好了大型户外布景。摄影组不希望看到晴天，期望能有阴沉沉下雪的天空。当天，天空一副要下起雨来的样子，对摄影组来说是可以了，但小道具组员可忙透了，很怕面麸受潮。

不过，当初的雪景已是影史上的经典画面，前阵子山田洋次先生拍摄《母亲》时，听说也参考了这部片子。

提到雪，还有得讲的。《红胡子》后半，可怜的阿丰（二木辉美饰）被带到诊疗所照顾生病的保本那段。阿丰轻轻打开纸窗，外头静悄悄下着雪。多美的画面啊。

剪辑的时候在这里配上了海顿第九十四号交响曲《惊愕》。黑泽先生很喜欢这首曲子。后来，黑泽接拍三得利广告短片，一开始"像魔鬼般细心，如天使般大胆"的地方也用了相同的曲目。说到底，这是要传达自己的想法给负责配乐的作曲家，而不是要直接拿来当配乐。这部分我在《等云到》提到过，对这首曲子的激烈争论，导致日后黑泽先生与佐藤胜先生分道扬镳。

其实，我是最近才知道电影里的阿丰这个角色在山本周五郎的原作中并未出现。饰演阿丰的二木辉美小姐演技真的很棒呢。

野上 确实是这样。关于茶碗的场景，二木饰演的阿丰，是以陀思妥耶夫斯基的《被侮辱与被损害的》中的少女涅莉为蓝本。所以，我同意黑泽先生常说的："天才等同于记忆。"用他的话来说，所谓的天才，就是具备这种"才能"的人——不管是读过的书、见过的事物，还是遇到过的人，能够积累这些相关的记忆，必要的时候，还能从中抽取出来为己所用。

令我惊讶的是能够凭着自己的天赋对记忆进行再生产的本事。阿丰将保本的茶碗打破之后，无论如何，即便去乞讨也要再买个新的还给他的桥上这一幕，每次重看都会跟着落泪。这是户外搭景拍摄的，还要让强风吹过来，对摄影工作可是一大考验呢。即使要承受黑泽先生的严苛标准,剧组依然愿意跟着他,这是因为,无论过程如何辛苦,成果都会让人惊艳。

刚才我提到有很多人来观摩户外搭景,其中似乎有一位是后来成为制片人的青柳哲郎先生。他的父亲青柳信雄[1]导演,素以快速拍摄的低成本娱乐片闻名,也是相当有趣的人。因此,我对青柳信雄的儿子也有不错的印象,但我记得没有人介绍我们认识。只不过他家和我家离得很近,所以时常会碰到,是个开朗又亲切的人。例如,他会拉高声调说:"哟!小野,看起来很有精神哪!"

青柳哲郎现身

一谈到"离开东宝之后的黑泽明",必定会提到青柳哲郎。说他是带来厄运的人或许言过其实,但要谈论黑泽先生后来的人生,可说是不可或缺的重要人物呢。

野上　没错。黑泽先生喜欢性格开朗乐观的人。青柳

1　青柳信雄（1903—1976）,与伊丹万作为东宝电影公司同时期导演。黑泽明、市川昆等人均为他子弟。

先生的个性也很开朗，是黑泽先生喜欢的类型，但他不曾参加过黑泽剧组。只因为在美国学习电影，英语非常好，很快和黑泽先生熟悉起来，持续到1966年美国的Avco Embassy制片公司公布合作拍摄《逃亡列车》的计划。那个时候，应该算是"彩色、70毫米的大制作"，由青柳哲郎担任制片。

从巅峰时期的《红胡子》开始，青柳先生频繁出入黑泽剧组，感觉不太对劲！

野上　是这样没错。在《红胡子》拍摄期间，黑泽先生会称呼青柳先生"小哲"或是"阿哲"，也曾对我这么说过："阿哲一个人拼了命在做。这阵子还写了很厚的信给我。说川喜多是如何过分、不择手段地赚钱云云。"想稍微说明一下，就会被导演打断说："这你不了解啦！"我感觉到有某种刺耳的不协和音，悄悄地出现了。以前只要提到川喜多夫人，黑泽先生就会着迷地说："很少有像她那么棒的人。如果跟她聊起去月亮旅行的事，她甚至会回答，可是月亮上面又看不到电影啊！"

黑泽先生有个特质：喜欢上对方，就很容易陷入迷恋状态，但要是有什么原因起了反感，态度就会一百八十度转变，变得十分厌恶对方。至今为止，像这样被他讨厌的对象不知凡几。至于我呢，一开始没有被热爱的经验，所以也没有醒过来的问题，就这样持续了五十年拖泥带水的合作关系也说不定呢。

所以说《逃亡列车》的计划是青柳一个人在台面下运作的，是吗？

野上　1966年宣告开拍的《逃亡列车》勘景也在进行，选角也确定了，但因为种种条件谈不拢，延宕了一年。结果拍摄计划暂停。到了1985年，安德烈·康查洛夫斯基[1]以黑泽明原作拍成电影，但是全片风格转为好莱坞式的冒险动作片。

为了这部电影，康查洛夫斯基还曾造访黑泽位于御殿场的别墅商议此事。当时我也在场。我记得黑泽的话题一直围绕着他的弟弟，尼基塔·米哈尔科夫[2]。康查洛夫斯基离开之后，黑泽还说，他跟米哈尔科夫完全不同呢。言下之意，似乎是不怎么喜欢对方。不知道是不是在电视上看到的，还说他电影拍得非常糟。

到了1967年，黑泽朝着《虎！虎！虎！》的目标快速

1　安德烈·康查洛夫斯基（Andrei Konchalovsky，1937—　），俄罗斯电影导演、编剧、制片。

2　尼基塔·米哈尔科夫（Nikita Mikhalkov，1945—　），俄罗斯电影导演、编剧、演员。代表作为《烈日灼人》。

前进。黑泽在挑选工作人员时，把我排除在外，或许是因为青柳和川喜多家不和，而我又和川喜多家比较亲近的关系，才会做出这样的决定。

就这样，黑泽太过信赖青柳哲郎，在浑然不知美国好莱坞的可怕之下，两人一起从半山腰重重摔了下来。

黑泽明与小国英雄[1]

这一章最后，想请教野上女士谈谈至今还未曾聊过的小国英雄先生。一般认为，黑泽导演以团队方式撰写剧本，核心人物就是小国英雄。可以跟大家谈谈小国英雄吗？

野上　我记得最后一次和他见面是在中野区的宝仙寺，去参加牧野雅弘导演的告别式。那是1993年10月的事了。那时和你（植草信和，本文采访者）两个人一起送小国先生回东京车站。小国先生当时其实是想去火葬场的。

1　小国英雄（1904—1996），电影导演、剧作家。与黑泽明合作多次，参与《生之欲》《七武士》等电影的剧本创作，为日本重要的剧作家之一。

满心以为自己大老远来到东京，会听到"真是劳您大驾大老远赶来"之类的欢迎辞，没想到事与愿违，因为是个不认识的年轻人担任主持，所以告别式虽然一直在进行，却始终轮不到小国先生讲话，他应该很失望吧。和牧野雅弘导演的交情又那么深厚！在东京车站乏善可陈的食堂里，三个人一起喝着啤酒之类的。小国先生真是可怜啊。

参与告别式的人，以及工作人员也都是一副"那个人是谁啊？"的样子。

野上　你说的没错。所以说，我们在东京车站开始喝酒之后，一直没办法开口说要回去了。最后跟他说"是时候该回家了"，感觉把他赶回去似的，连买车票的时候都是这样，我把手伸进小国先生怀里，从他脖子上挂着的钱包里取出现金说："用这个来买车票哦，可以吗？"才帮他买了车票。

还一直叫着"小雅、小雅"呢。

野上　应该是有很多话想跟小雅，也就是牧野雅弘导演说吧。之前和他见面，记得是1979年在京都的"石原"，那是黑泽先生每到京都必住的旅馆，当时也把小国先生找过来一起见了面。那时候小国先生也是一直对黑泽抱怨说:"你真好,还有工作可以做。""我都没什么钱"之类的。黑泽就回他说:"你继续写就好了,继续写吧。"明知道他已经不能写了,还一直对他说"写吧!写吧!"。

在《影武者》之前,两人的相处情况如何?

野上　黑泽先生从来不会对小国先生恶言相向,当然,讨论剧本又是另外一回事了。他是武者小路实笃[1]先生的弟子,对基督教、英美文学和侦探推理小说又有很深的造诣,是博闻强记型的人。所以,黑泽总是说"小国最懂了",很信赖他。

有一段时间小国先生也是铆足了劲赚钱的。不管是绿波一座(古川绿波)的喜剧,还是长谷川一夫的时代剧"钱形平次捕物控"[2]系列,他都写了。可说是在旅馆里闭关振笔疾书的当红编剧呢。那样的华丽年代实在令人难以忘怀。

1984年,筹拍黑泽明的《梦》前夕,我收到一封来信。小国先生蜗居在滋贺县乡下的独栋住宅,写信埋怨:"人生

1　武者小路实笃(1885—1976),小说家、诗人、剧作家,"白桦派"的代表作家之一。
2　时代剧,改编自野村胡堂的小说,长谷川一夫主演的系列电影很受欢迎,1949年至1961年共计18部。

中第一次陷入贫穷（反正早晚又会成为富豪的嘛），所以，这次没法送小野喜欢的礼物，请见谅。"读完信真是让人难过。

信里写的"开始阅读《百年孤独》"令我感到讶异，事实上当时加西亚·马尔克斯曾委托黑泽拍摄《族长的秋天》，或许有人跟他提过这件事。看得出他有兴趣挑战的。

我忘了什么时候曾去小国先生的独栋住宅拜访过。因为他和长谷川一夫很熟，跟我聊到以前长谷川的艺名叫作林长二郎，被千本组的手下划伤了脸等故事，仿佛是他亲眼看到的。真是有趣哪。

林长二郎和两位朋友步出片厂时，千本组的手下在手指间夹着二片剃刀，冷不防地上去用剃刀划伤他的脸，然后跳进旁边的水沟逃逸。听说林长二郎捂着脸，大叫："镜子，快给我镜子！"据说是听现场亲历者说的。那时曾是那样的年代呢！

那时候，小国先生在玩乐方面非常厉害的，我是从京都旅馆的工作人员那儿听来的。

在黑泽作品里，两人共同合作的最后一部剧本应该是《乱》吧？

野上　黑泽先生与他合作的那时候说："小国已经不行了，他写不出来了。"曾经有此传闻，说黑泽把小国找去他御场殿的别墅一起写《乱》的剧本，结果，小国先生竟然从别墅跑掉，说是两人一言不合就吵了起来。我也是从黑泽口中听到他说："小国已经写不出剧本了。"小国先生相当了解日本电影的黄金年代，豪气地尽情游戏到最后，这是他留给我的印象。

围绕两人之间关系，有一个印象深刻的传闻，说是小国先生针对《红胡子》说的一句话，让黑泽先生备受打击……

野上　黑泽先生每次拍完电影，总是很在意小国先生的反应。我觉得这应该足以证明，黑泽先生很敬重小国先生。有关《红胡子》的人物设定，原作者山本周五郎曾跟黑泽先生说："红胡子是个内心受创很深的人。"而小国先生很凑巧的一句话，也讲出了他内心的忧虑，才会刺伤到黑泽先生的情感。

那句话究竟是……？
野上　他说："三船感觉不大对。"

那是什么意思呢？
野上　当时我不在现场，并不了解他真正的意思，但曾听黑泽先生说:"小国跟我说了哦,三船感觉不大对。"就这个角度而言,小国先生确实也影响了黑泽先生。

具体来说究竟是什么意思呢?

野上　我认为红胡子,也就是"新出去定"这个角色,并不只是三船先生所理解、诠释的,一个豪放磊落的汉子,应该是更为复杂,从言行举止无法判断内心真正想法的角色。

但三船先生,完全是按照黑泽先生的导演,以及剧本(由黑泽明、小国英雄、井手雅人、菊岛隆三共同编剧)所写的内容来诠释红胡子这个角色的,不是吗?

野上　没错。虽说是我个人臆测,我觉得小国先生的言外之意在于,黑泽先生的导戏功力,并没有让红胡子这个角色展现出微妙的深层人性部分。

的确是,印象中红胡子那句"对于大名、有钱人,我就会收取天文数字的诊疗费,我就是这么坏"的台词并没有好好咀嚼消化过,也没有在影像上升华、表现出来。

野上　也许小国先生想说的是,那等于只是用台词

"说出"主角的性格罢了。

我想起一件事来了。野上女士曾在《袅袅夕阳情》的剧本刚出炉时，送去给小国先生对吧。在那之后，我（植草）曾前往小国先生家采访他关于剧本的感想，他说"那个剧本不行"。问他为什么，他跟我说了他的感想："这剧本里没有恶的因子发酵，假设在众弟子之中没有设定一个恶的因子，以剧情来看就会显得薄弱，无法反映现代的情况。"

野上　因为《袅袅夕阳情》这部戏表露了黑泽先生的内心愿望："希望世界变成这个样子。"所以片中没有出现任何反派角色。可是，小国先生却没有把他告诉你（植草）的感想也告知黑泽先生。

这是当时我从小国先生那儿听来的，说大家窝在旅馆里一起写《恶汉甜梦》的时候，《来到清水港的男人》制片打电话到旅馆说："牧野雅弘导演在抱怨了，快点过来帮忙。"于是小国先生就冲出旅馆去安抚雅弘的情绪，说是自从他加入黑泽剧组以来，雅弘那家伙就很嫉妒他。

野上　小国先生是个重情义的人，收了许多弟子，喜欢人家称呼他"老师、老师"，喜欢豪气地说"让我来解决吧"。

不过,黑泽明一直以来就不喜欢这种老派的电影人作风。

野上女士在《等云到》里写道,胜新太郎把大家带到祇园的茶屋请吃牛排,回途中黑泽先生埋怨了半天:"我不喜欢,这种场合感觉真是不舒服!"黑泽先生的想法,从这里就看得出来了。

野上　黑泽先生原本就对艺伎这玩意丝毫不感兴趣。胜新先生和小国先生很爱艺伎的厚重白粉味,他是很排斥的。同时,黑泽先生对太执着于金钱的人,也非常感冒。本来,关于钱的事,大家一定会多多少少感兴趣,说到底,和菊岛隆三先生之间争执的原因,似乎也是同样的问题。

说句题外话,创作《用心棒》里的桑畑三十郎和《椿三十郎》里的椿三十郎这两个角色的是菊岛先生,有此一说吗?

野上　编写剧本的阶段我不清楚,但角色创造应该是黑泽先生本人的想法哦。《椿三十郎》的原作应该是山本周五郎的短篇小说《日日平安》吧。而且,我认为那个角色活脱脱就是黑泽明本人呀。

第四章　展翅高飞的浴火凤凰

离开黑泽先生后，开始我的 SUN-AD 时期

1960 年代后期开始，主流电影公司的经济基础纷纷瓦解，全世界电影都进入了一个新的时代。像黑泽先生这样的天才，当然也受到这一波影响，能不能跟我们描述一下他的烦恼呢？

野上　1968 年 1 月，罕见地收到黑泽先生来讯。是一封信。

"新年快乐。今年是猴年了，不过，对我来说是虎年。"

他所指的当然是电影《虎！虎！虎！》。

"要研读的资料堆积如山，要写的稿子也浩如江河，哦！这实在是辛苦。"

尽管满腹牢骚，还是透露了深切的自我期许。最后写着：

"好久不见了，并没忘了曾经一起工作的伙伴们。还请帮我跟大家多多问候。下次再见了。正月开始，我又得与'虎'展开搏斗了！"

或许是喝完正月的酒让他精神百倍吧，导演整个人欢喜振奋了起来。但是，众所周知，一年之后，开拍才二十天，黑泽先生就被迫辞掉了导演工作。

《红胡子》之后，我离开了东宝，所以并不清楚《虎！虎！虎！》的来龙去脉。我是最近通过田草川弘的《黑泽明 v.s.好莱坞》这本书才得知当时的经过。

我离开东宝是1966年的事。川喜多和子对我说："有件事是人家托我的，我做不来，能否请你来帮我做？就是三得利的子公司 SUN-AD 广告公司，他们是负责大阪世博会三得利馆影片制作的团队，希望你能来帮忙。"

正好黑泽先生那边的工作也落空了，于是很高兴有人介绍工作给我。

当时 SUN-AD 发行了一本质感很不错的企业形象杂志《洋酒天堂》，圈内人早已耳熟能详，但它究竟是一家怎样的公司呢？

野上　原本在三得利广告部的众多精英，比如开高

健[1]、山口瞳[2]、柳原良平[3]等人独立出来成立的，就是SUN-
AD这家广告公司。好像是专门承接三得利和本田汽车的
广告制作工作。当时在丸之内的SUN-AD，人家介绍我认
识董事矢口纯先生，他就是以前《妇人画报》[4]的总编辑。
公司里的气氛简直像在玩乐，一到午餐时间，坂根进先生
（日后的社长）就会招待大家去附近的中华料理店用餐。
我当时甚至想说，这样公司能赚到钱吗？

　　世博会的三得利馆宣传影片名为《生命之水》，坂根
先生是策划总监。运用多屏幕播放纪录片，介绍世博会各
家公司展馆的主要内容。他们打算从世界各地拍摄关于
水的影像。导演是敕使河原宏。但他其实负责监制工作，
实际执行人是身兼纪录片导演和剧作家的富泽幸男先生。
工作团队则由朝日电视台的工作人员组成。

1　开高健（1930—1989），作家。1958年以短篇小说《国王的新衣》获
　芥川文学奖。60年代后周游列国，是战地记者、旅行作家、美食家，
　迷恋钓鱼。
2　山口瞳（1926—1995），随笔作家。1963年以《江分利满氏的优雅生活》
　获直木奖。
3　柳原良平（1931—2015），插画家、漫画家、随笔作家。
4　《妇人画报》1905年创刊，以走在时代尖端自诩，有别于当时其他女
　性杂志。内容主要是宣扬女性独立自主的观念，常刊登各领域出类拔
　萃的女性，引领时尚，也刊登如太宰治、三岛由纪夫的小说。

我呢，虽说是"助理制片"，但制片方面的事实在是做不来。在此之前虽说是在黑泽剧组这样一个特别的地方工作，但是要我负责控制预算，根本不可能。像我这样没经验的人却被交付重责大任，实在感到惶恐。

每个月都会从三得利汇来大笔资金。不过钱也花得凶，感觉SUN-AD似乎没赚到什么钱。

开高先生时常会过来看。他来的时候都会在入口处大声嚷嚷，一听就知道是他。而且他习惯和矢口先生或坂根先生闲聊一阵再回去，首先会打电话给出版社或其他单位，熟练地说起他的口头禅："喂，我是可怜的开高啦。"还会搬出什么"丞相病笃"之类的词句，有一次还透露："说这种话，懂的人也只有在座各位了。"接着就会聊起钓鱼和美食的话题，心满意足之后才使劲耸耸肩回去。

如今想来还真是人才济济。野上女士能否具体描述一下当时负责的是怎么样的工作。

野上　世博会影片《生命之水》有许多海外取景的画面，加拿大、美国、巴西、印度等地，每个地方都有外景团队去采访，我是跟随富泽先生这一组到纽约拍摄雪景，到巴西拍摄当地嘉年华会。

因为是拍纪录片，所以只有四名成员。也没有演员随行，到纽约的时候甚至还待了一星期等待降雪，打心底乐翻天："还真的有待遇这么好的外景工作呢！"到巴西为了拍嘉年华会，必须占据制高点的位置。当时觉得很不可思议，这些人没喝酒却能够如此兴奋。偶尔还得钻入跳舞行列中录音，蛮有意思的。

但是，3月14日世博会开幕前一天晚上，为了最后的准备工作大伙通宵赶工都未能阖眼。开幕当天不是人山人海吗？在山田洋次的电影《家族》里，可以看得很清楚。法国导演特吕弗亲临三得利馆，从办公室窗口往下看时说道"哪儿都不想去了"，然后就回去了。

《电车狂》开拍

现在想起来，真可谓"多事之秋"！野上女士对于《虎！虎！虎！》一事，完全不知情吧。

野上　是啊，如刚才所说，完全不知道事态变得如此严重。担心黑泽先生的电影人与其他支持的民众，在1969年6月24日于赤坂王子饭店举办了声援活动"黑泽明呀！继续为我们拍电影！"。

川喜多和子小姐也跟很多文化界朋友联络,最后确定由淀川长治[1]先生和黑泽先生组成一问一答的形式。当天黑泽先生看起来很疲乏。

后来到了7月,木下惠介、市川昆、小林正树与黑泽明组成了"四骑会"[2]。大家都希望黑泽先生能从《虎!虎!虎!》的打击中重新站起来。负责收拾《虎!虎!虎!》残局的松江阳一表示:"一定要尽快向世界证明黑泽先生是正常的。"据说是立刻着手进行下一部作品《电车狂》的拍片计划。

原作是山本周五郎的小说《没有季节的城市》,曾在《朝日新闻》上连载。依据市川昆先生的说法,大家都反对这个计划。"以四骑会的首部作品来说,太平淡了。应该拍一部更符合黑泽先生风格、场面更大的动作片。"不过,我时常在想,黑泽电影的主角其实就是黑泽先生自己。《电车狂》里头被嘲笑是"电车傻蛋、电车傻蛋",被投掷石块却一意孤行的小六(头师佳孝饰演),不就是被众人当成"电影傻蛋、电影傻蛋"的怪人黑泽先生吗?

---

1 淀川长治(1909—1998),电影评论家。
2 四骑会,希望借此作为日本电影的核心,试图振兴日本电影业。

无论周遭的人怎么反对，无论如何就是想拍电影，导演的意志真是相当坚定。

　　野上　确是如此。1970年4月23日，在堀江町拍外景的第一天，黑泽先生的第一句"准备！"声音洪亮。听起来总有点激动的情绪。工作人员都很感动。当他一声令下"开拍！"，我的眼泪也跟着涌了上来。总算可以正常拍片了，这样就很好了——我了解黑泽先生的想法！我想，他正在细细品味能说出"准备，开拍！"这句话时的幸福感。

　　黑泽先生仿佛为了扭转《虎！虎！虎！》的恶评，只用很少的预算，还把计划44天的拍戏日程压缩到短短28天，简直让导演组忙翻了。据说，公司方面也说是："你这不是能做到吗?！"由于这是第一部彩色作品，利用极端的调色方式，就可以不管天气条件限制来拍片。在阴天，可以将建筑物地面上的影子涂黑，让它看起来像晴天，或是在摄像机前竖起一面透明玻璃，涂上自己想要的颜色，可以玩得很开心。

　　在小六的家里拍摄时，四周墙壁上贴满了电车涂鸦的图画纸，一开始都是黑泽先生自己画的。我觉得好厉害。他抱了一捆图画纸来到棚内。但是贴在墙上一看，他自己说，还是不像小孩子的涂鸦。他解释："我想画成小孩子的画，但终究不像。"那也是他熬夜赶出来的，很辛苦。说起来,那些画现在不知道去哪里了!

最后还是拜托了好几所小学,选用了孩子们画的电车涂鸦。

所谓的缩短拍摄天数,应该是经过缜密排演换来的吧。

野上　是的。一开始不是有一幕是小六在空地上操作着幻想中的电车吗?当然,头师君是在实体电车上实际演练过许多遍之后,才进一步反复彩排操作假想的电车。黑泽先生还问了其中一位工作人员:"如何,你看到电车了吗?"

头师君是在《红胡子》里饰演长坊,展露精湛演技的孩子,我始终觉得很不可思议。像这样的小孩,是把它当作"演技"表现出来的吗?饰演乞丐父子中儿子一角的川濑裕之,也只有七岁。都没父母陪,竟然也能一整天待在棚内等待出场。真是不可思议的孩子啊。

我是事后才知道堀江町以前是掩埋场,由于当时并不知情,我还说地面上渗出的六价铬这种有毒物质所呈现的颜色很有趣。

拍摄工作全部告一段落之后,黑泽先生独自一人待在棚内。后来听人家说,他当时非常感伤。他还说:"因为,以后再也遇不到小六、岛先生,还有丹波老人他们了。做导演的，一想到这些就会觉得很感伤。"

《电车狂》是世博会之后的作品了，是野上女士还在SUN-AD的时候拍摄的，您当时是以怎样的身份参与拍片计划的呢？

野上　我是从SUN-AD派驻过去参加的。所以影片杀青之后，又回到SUN-AD负责广告的制作。像是三得利啤酒之类的广告。

三得利纯生啤酒开卖时的广告是由东宝的佐藤允、大桥巨泉、丹波哲郎、加山雄三等人出演的。佐藤的一句"年轻真好，小山兄！"在当年很流行，那是从制片人山崎昭彦的名字联想而来。很有意思的一个人，可惜前阵子往生了。

加山先生拍的时候，主题曲也委托他帮忙了。不过，纯粹出于我个人的喜好，又委托了荒木一郎作词。这是因为，在《人民新闻》工作时期我所景仰的菊池章一先生就是他的父亲，而且我也喜欢他的歌词。后来，三得利方面问我，主题曲要采用加山的作品，还是荒木一郎的作品。荒木先生的也是相当好，甚至他都收录在他个人专辑里了，但麻烦的是，荒木一郎因为丑闻被逮捕了。就决定由加山先生出演，并采用他的主题曲。

另外，托SUN-AD的福，相当荣幸能与很多前辈共事，包括像是横尾忠则[1]、野坂昭如[2]、渡边贞夫[3]、坂本龙一[4]、桃井薰[5]等人。然后，紧接在电影《德尔苏·乌扎拉》之后，就是参与制作黑泽明的三得利"礼藏"（RESERVE）广告了。

从自杀未遂到远征《德尔苏·乌扎拉》

那是电视广告这种亚文化还光辉耀眼的时代，年轻的时代，也是自由的时代呢。

野上　现在回想起来，真的是一群好人聚集的好公

1　横尾忠则（1936—　），跨领域的艺术家，活跃于设计、文学、广告、剧场、音乐、电影等各界。
2　野坂昭如（1930—2015），作家、歌手、作词家。最著名的作品为根据自身经历改编的《萤火虫之墓》。
3　渡边贞夫（1933—　），爵士乐手，日本爵士乐的先锋。
4　坂本龙一（1952—　），作曲家、演员。曾成立电子乐团Yellow Magic Orchestra（YMO），开始崭露头角，后为多部电影配乐并参与演出，代表作有《战场上的快乐圣诞》《末代皇帝》。
5　桃井薰（1951—　），演员。

司。这是《电车狂》杀青之后,我在1971年12月22日回到办公室复职那个下午发生的事情。正翻看桌上文件之类的时候,东条忠仪先生(SUN-AD总监)一副慌乱模样走进来,将手上的报纸往桌上一放对我说:"小野,出大事了!"报纸头条写着"黑泽明自杀未遂"几个大字,我感到毛骨悚然。我不记得之后做了什么,总之,好像是立刻赶去了山王医院吧。

记得病房里只有小泉尧史[1]先生,一个人坐在床边。黑泽先生的脖子跟手腕用绷带缠了好几圈,似乎是用沙哑的声音微弱地说了声:"啊,小野来啦。"去医院之前我就告诉自己,这种时候不能哭哭啼啼,要打起精神好好鼓励他才对,不料却突然失声斥责起来:"我不能接受!您以后不要再这么任性了!"最后,眼泪不由自主地夺眶而出。接着我拿出预先准备好的圣诞装饰品给他看:"圣诞节已经到了!"黑泽先生伸出裹着绷带的手腕,拜托小泉说:"把这个挂在那面墙壁下,要看得见的地方……"

后来的事我什么也不记得了。也只有那么一次,去医院探望他。

---

1 小泉尧史(1944—),导演。长期担任黑泽明工作人员,1990年代开始以助理导演身份参与黑泽的电影。

《德尔苏·乌扎拉》的拍片现场,作者与黑泽导演

我觉得黑泽先生真是伟大,即便处境如此艰难,依然能像浴火凤凰般复出导演电影,那种惊人的意志力!

野上　隔年1972年,黑泽先生从东松原搬到惠比寿的公寓大楼,感觉这是他东山再起的第一步。

对伤心欲绝的黑泽先生适时伸出援手的,又是海外的公司。1973年莫斯科电影制片厂向制片松江阳一探询,黑泽先生是否有意到苏联拍片。为了不重蹈《虎!虎!虎!》的覆辙,松江先生不但与全苏联电影合作公团签订了制作协定,还要求对方同意:"导演、剪辑,以及其他创作方面，都只能由黑泽先生全权决定。"只是，就当时无法拥有外汇的苏联而言，我想经济上的条件应该不是那么优渥吧。

但是黑泽导演已经没有任何退路，只能背水一战。日本方面的剧组成员，包含黑泽先生自己在内也只有六人能够随行入境。1973年的7月9日，黑泽先生与松江制片人一同出席莫斯科电影节，回途甚至到西伯利亚勘景之后才归来。回国后见到他，他还跟我开玩笑说："苏联工作人员都很棒哦。若是见到副导演，小野肯定会一下子爱上人家哦！"满心兴奋的样子还真像个少年。结果，电影开拍之后，那位副导演又被他批评得一文不值似的。

12月11日下午一点，我们搭乘苏联航空从羽田机场出发。终于，为了《德尔苏·乌扎拉》向莫斯科前进。日本方面的工作人员有黑泽导演、中井朝一摄影师、松江制片、导演助理河崎保、导演组野上、箕岛纪男共六人。苏联航空的座位，包含黑泽先生在内全都是经济舱。现在回想起来，简直不敢置信。当时黑泽先生缩着身子坐在我旁边，打开《电影旬报》之类的看着。邻座的陌生年轻人跟他交谈，他也都一一回答。十足显露了"下定决心要拍好《德尔苏·乌扎拉》"的坚定意志，这是我的理解。之后情形在《等云到》一书已经着墨甚多，故此省略。

井伏先生的电影鉴赏会

井伏老师与野上女士恢复往来也是在SUN-AD时期对吧。能告诉我们详情吗?

野上 如先前所说,进入SUN-AD的原因是为了替代川喜多和子的工作,当时的常务董事矢口纯先生原是《妇人画报》的总编辑,因此无论是文坛、演艺圈,还是银座酒吧的人,他都很熟,是很时髦的一位绅士。擅长谈笑风生,只要他一到场,大家马上亢奋起来,就是这样的人。由于他是早稻田出身的,喝完酒后一定会跟庆应出身的安冈章太郎[1]先生来场"早庆之战"。会分别大声唱起"年轻的热血在燃烧",以及"都之西北、早稻田的森林"。

那真是文坛的华丽年代呢。

野上 那是在银座还有很多所谓的文坛酒吧的时代。

---

1 安冈章太郎(1920—2013),小说家。从母亲的死亡联想开去而创作的《海边的光景》(1959),被视为他初期私小说的代表作。

矢口先生在公司打电话时，忽然叫我："啊，在啊，就在旁边。小野，找你！"电话的另一头是向田邦子小姐。虽然跟她不那么熟，但这变成她最后的遗言，因此我是忘不了的。她说："下次从台湾回去之后，一起喝一杯吧。"之后，那班飞机就出事了。[1]

矢口先生的电话也让我想起另一件事，就是因此促成了我与井伏鳟二老师的重逢。记得我跟矢口说了些八云书店工作时期的往事，提到很怀念井伏老师之类，他立刻帮我打了一通电话给井伏老师。我得以暌违17年再次造访老师位于荻洼的家。一样的门，一样的庭院。老师也跟从前一样，把手肘放在面向庭院的书桌上，探出身子看着庭院。

我进入房间，跟他打了声招呼："好久不见。"老师却自顾自地讲了起来："哎呀，昨天那棵梅花树的树枝上，飞来了一只日本山雀。跟昨天一样的时间来的，还一直停在那儿。"一般不是都会问说"最近好吗？""近来过得怎么样呀？"之类的吗？嗯，的确很像老师的一贯作风。

1　向田邦子（1929—1981），作家、编剧。1981年8月22日为创作随笔集到台湾采风，自台北飞往高雄时遇空难丧生。

重逢之后两位之间的来往情况，又是怎样的呢？

野上　之后，有几次去荻洼都会遇到出版社的人。包括讲谈社的川岛胜先生、新潮社的川嶋真仁郎先生、岩波刚先生等等。井伏老师将我介绍给大家的时候，总是笑着说："我从她十六岁起就认识她了。"

讲谈社的川岛先生邀请我参加昭和五十九年（1984）3月22、23日的清春艺术村三周年纪念赏花之旅，那是我第一次参加井伏老师的旅行会。

那次的三周年纪念是在以前的小学举办的，偌大的校园被樱花大树包围，充满春天的浪漫气氛。甚至还有摆摊的小贩，热闹得不得了。由于井伏老师是贵宾，所以在一个面向庭院搭建的小亭子，与同行的饭田龙太、安冈章太郎、三浦哲郎等人一边喝威士忌一边闲聊。谷川彻三老师也在场。

后来，安冈先生拉着佐田雅志[1]（背着吉他）的手向大家介绍说："他这个人很有意思哦！"接着，和田诚夫人平野丽美[2]也凑过来唱起香颂歌曲。大家都围过来看热闹，现场气氛热络。这么一来安冈先生也忍不住了，站起来

1　佐田雅志（1952—　），民谣创作歌手、小说家。
2　和田诚（1936—2019），插画家，夫人平野丽美（1947—　）为香颂歌手。

用很帅的姿势唱起拿手的"C'est Si Bon"（法语歌曲：如此美好啊）。大家也喝了不少，喊着"呦～呦！"拍手为他喝彩。

原先在产经新闻的吉冈达夫先生为大家送来便当，也将同行的一位记者打扮的朋友介绍给井伏老师，说："他目前在《周刊文春》上连载《可疑的枪弹》，是很敏锐的记者。"大概因为正值三浦和义事件[1]制造了很大的话题吧。意外的是，井伏老师也对此事感兴趣，突然探出身子问："他真的做了那件事吗？"非常有意思。

庭院中央有一个铁制旋转楼梯，清春艺术村馆长吉井长三很得意，说是从巴黎运来的埃菲尔铁塔的一部分。安冈先生爬到楼梯最上面，在三色旗下对我们挥手，我们也拍手回应。深蓝色背景衬托着三色旗与戴着提洛帽向我们挥手的安冈先生，确实是一幅幸福的画面，在脑海里留下深刻印象。

晚上会在甲府的常磐饭店住一晚，我在《井伏老师旅行会干事日记》[2]里曾写到。

---

1 1981到1982年，三浦和义夫妇至美国洛杉矶旅游时，其妻遭不明人士攻击。当时的日本媒体怀疑三浦和义为共犯，是为了诈取保险金的筹划者。
2 参见本书第二部《井伏老师与运动鞋》。

集结了作家、编辑、艺人，都是头角峥嵘的名人啊。旅行会将一直持续下去吗？

野上　隔年开始，每年春天都会举办与井伏老师的赏花之旅，我和新潮社的川嶋先生、讲谈社的川岛先生三个人担任干事。老师是真的很享受这个旅行。而且每次讨论旅行会的事，我们几个干事就会到荻洼去，结果就变成了饮酒会，这又是另一项乐趣了。老师每次在电话里说"来讨论吧"或者"我知道了"的时候，听起来格外振奋。

赏花之旅的住宿都订在甲府的常磐饭店。我们一早起床就跑到餐厅去，可以看见很棒的大庭院，然后一大早就开始边喝啤酒边谈文学。

1987年春天，安冈先生因为住院的关系缺席了，三浦哲郎先生因为还没把稿子写完，只说赶来陪我们一起吃早餐。

虽然我们也请人准备好了三浦先生的早餐，却都笑着说："横竖他是赶不上的。"早餐结束后大家都还期待着他会出现，就拿着杯子在屋檐下远望池塘里的鲤鱼，老师也坐着一边喝加水的威士忌一边说："三浦君还没到啊？"像在等大石内藏助[1]一样。

1　又名大石良雄，是元禄赤穗事件中赤穗浪士四十七武士的头目。浪士们的忠勇事迹后改成戏剧及电影《忠臣藏》。

这时候电话铃响了。我立刻冲到食堂旁边接电话。果然是三浦打来的，我很能理解电话另一头抱歉的心情。我把电话线稍稍拉长，面对屋檐下的老师他们喊道："三浦还是没法子来，他说他还在赶稿。"结果围绕着老师的所有人不知为何都爆笑起来，矢口伸出头对我说："老师说啊，要不要老师帮他写啊？你就跟三浦先生这么说吧。"大家又笑到快不行了。我要是在电话里跟三浦这么说，他肯定会更抱歉了。

我始终忘不了当年的幸福光景。闪亮的朝阳斜照在屋檐下的老师与大伙儿身上，老师总会说上几句话。大家又是笑得东倒西歪。

如今，老师与矢口先生都不在世上了，那样的幸福时光再也回不来了。

光是想象就令人向往的美好年代与美丽风景！

野上　老师认识的都是好编辑。早逝的筑摩书房[1]濑尾政记先生，一个人将井伏老师写的作品仔细清查后列出

1　筑摩书房，1940年创立的出版社。1946年创办月刊《展望》，曾刊载太宰治《人间失格》。1953年发行《现代日本文学全集》（99册），引领出版界发行全集的风潮。

全部作品年表。去世前几天在医院交给我,请我转交给老师,真的让人感受到他那非比寻常的意志力。

新潮社的川嶋先生也令人惋惜。三年前他过世了,我想起准备出版老师的自选全集时的事情。老师、川嶋先生和我坐上出租车,准备去喝一杯。我和老师坐后座,前座是川嶋先生。老师坐在我旁边,在昏暗的车中探向前跟川嶋交代一些事。像是要把某本选集里的文章删除之类的事情。不过已经到了很难重做的阶段,老师却还是想方设法说:"费用由我来出,所以请……"川嶋先生回过头来回答老师说:"我会尽可能想办法的,没问题的。"然后老师终于安了心,将探出去的身子忽地拉回座位说:"这样啊……果然是出外靠朋友!"那之后,川嶋先生似乎是花了很大功夫重新做了一遍。真是个好编辑。

野上女士与安冈章太郎结识,也是井伏老师介绍的吧?

野上　这样说吧,我不是长期以来到老师家做客吗,每次去叨扰老师,都遇到很多人去老师家拜访,也谈不上介绍,自然就会认识很多人了。我想,应该也是在老师家认识安冈先生的。在那之后,比方说黑泽先生电影杀青的时候,希望让大家看一下作品,大家就会呼朋引伴,或者是互相邀约，把井伏老师拉出来。周遭的朋友之所以都会跟着一起来，也是因为活动结束后，井伏先生会想找大家喝一杯。我的任务就是负责照顾他们、接待他们。

法国电影公司的川喜多和子也常拜托我，说要请老师帮他们看一些东西。有时是请黑泽先生看，有时也顺便请井伏先生帮忙看，各式各样的要求都有。我通常是负责电影欣赏会的联络、安排。对井伏老师来说，仿佛欣赏会结束之后的饮酒会，才是他的重点。

井伏老师与黑泽导演在试映会上见过面吗？

野上　见过啊。黑泽先生当然是十分尊敬井伏先生，一定会毕恭毕敬地问候。井伏先生就算遇到黑泽先生，也不聊电影相关的话题，往往只听见"哦哦哦，哈哈哈！"的爽朗笑声。

即便是安冈先生，在试映会后的派对介绍到黑泽先生，也只是简单回应"哪里哪里，非常好，非常棒"之类的话。其实黑泽先生也没读过什么安冈先生的小说。有关井伏先生的作品，我曾经拿《海上护卫舰军记》给黑泽先生，问他要不要考虑拍成电影，但他似乎提不起兴趣。因为很长一段时间黑泽先生都说他想拍《平家物语》，我本来以为他会有点兴趣的呢。也许是因为井伏先生的作品里,缺少一些感伤的题材吧。

是因为安冈老师的作品过于细腻之类的吗？

野上　黑泽先生没有读过安冈老师的作品,他不读年轻人的作品。黑泽先生会读的书,以日本文学来说只到夏目漱石为止。我想他多半没认真读过井伏老师的作品。不过他应该是觉得井伏老师的书还不错。《影武者》的试映会曾经邀请井伏老师,他说是他孙子想看,就很开心地来了。可惜入口处人实在太多,竟然跟孙子走散了。井伏老师就一直站在入口处的人群中,害我们都不知道怎么办才好。

不过,井伏老师对电影并没有特别的感觉。所以当黑泽先生问我:"井伏老师说了什么吗?"我只好回答说:"唔,没什么啦,没有特别……"于是黑泽先生也是一副心里有数的样子,只说了一句:"哦,这样哦。"

很难说是井伏先生会喜欢的电影,是吧。

野上　似乎是单纯想带孙子来看,被迫在拥挤的人群中忍耐排队。后来是《梦》的试映,不记得是大家都来看,还是我邀他来看的,井伏先生就坐在安冈先生的旁边观赏。结果安冈先生开玩笑说:"老师就坐在我旁边,但他睡得很甜。不过，片子结束的时候还是有办法及时醒来，真的很了不起。"

安冈先生非常喜欢看电影吧。

野上　他常看电影，非常熟。尤其是法国电影，他很熟的。连我听都没听到过的电影，他也都看过。以前还在《朝日杂志》上连载过影评的专栏呢。

真要说起来，安冈老师的世代多半是喜欢法国电影或者意大利电影的，对吧。

野上　法国电影特有的那种气氛，是黑泽先生作品里看不到的。绝无可能。

安冈老师也常看日本电影吧。

野上　是啊，我记得很清楚，他说过对于山中贞雄[1]的《街的刺青者》非常佩服。安冈先生很擅长讨论电影相关话题，现在还是常去看电影。最近因为年纪大了，似乎没办法去戏院看大银幕，只能待在家里收集一些DVD来看。

1　山中贞雄（1909—1938），导演、编剧，代表作《人情纸风船》，作品大部分毁于"二战"时期。

野坂昭如先生的记忆

《德尔苏·乌扎拉》杀青之后，野上女士又回到SUN-AD的岗位了吧。野上女士不为人知的一面，也就是广告制片的工作，能否跟我们分享一下呢？

野上 《德尔苏·乌扎拉》是1975年8月2日在日本上映的。出来谢幕的时候，黑泽先生举步维艰，身体很不好。以那么虚弱的身体，竟能拍出如此绝美的电影，又一次令人感到敬佩。

回国后，我又回到SUN-AD继续工作，很快就着手黑泽先生的广告策划。拍广告的好处是片酬高，拍摄时间短。以SUN-AD方面来说，比较担心的是对方愿不愿接受。签约金一千万日元。一次签两年。结果，黑泽先生欣然接受了。

之后他还常对我说："当年的商业广告真的帮了很大的忙。要不是你推荐我三得利的策划案，我真的会很惨。因为我那时候已经是阮囊羞涩的状况了。"什么"世界级影坛巨匠"有的没的，我们日本人搞成这样，当真是情何以堪！

SUN-AD 6月在御殿场，也就是黑泽先生的别墅，拍摄了第一支"三得利礼藏/黑泽明"广告短片。

黑泽先生坐的那张大椅子，是黑田辰秋[1]的作品。无论是广告文案"像魔鬼般细心，如天使般大胆。这是我的心得"，还是海顿的选曲，都是黑泽先生决定的。当然SUN-AD的导演也参与了，不过，黑泽先生本来就很擅长这些制作方式。他不会让别人插手的。剪辑也是在东宝的剪辑室完成。广告一直持续到1980年拍《影武者》的时候，也许真的是对黑泽家的家计贡献不少。

好像也曾到苏联拍过广告对吧。

野上　是啊。1976年11月12日在莫斯科、列宁格勒都出过外景。日本企业在苏联拍商业广告，应该是第一次吧。不过，主要还是靠黑泽的招牌和我的人脉才得以处处破例通融，顺利到当地拍片。尤其是列宁格勒的饭店非常棒。对于从小受到俄罗斯文学熏陶的黑泽先生来说，涅瓦河的雪景更是让他无限感动吧。

1　黑田辰秋（1904—1982），日本国宝级漆艺、木工大师。被认定为日本重要非物质文化遗产"木工艺"保持者，并荣获紫绶奖章。

在莫斯科的地铁也拍了影片，或许当时的苏联给人的印象还很灰暗，三得利竟然全部不用。实在是太奢侈了。

很抱歉提一下私事，当时拜这部广告之赐，能够与K先生再见到面，真的很开心。K先生是我拍《德尔苏·乌扎拉》的时候爱上的，负责翻译的人。1978年，他不知道被谁杀害了，因此，那次见到他，其实也是最后一面了。从拍摄期间就被克格勃[1]监视，工作人员也被警告尽量不要和日本人接触（这些都是苏联解体之后我才知道的事），拍摄快要结束时，有个奇怪男人突然住进黑泽先生隔壁房间。是个在拍摄现场推轨道车的壮汉，后来才知道，那样的工作人员住在导演隔壁是很不寻常的。

那个怪男人搬到K先生附近之后，叫我过去喝一杯，就真的两人一起去喝了酒。因为是苏联的关系，不得不小心应付，不过，也许是我们多虑了。

但是在《德尔苏·乌扎拉》拍摄时，若不是K先生，是不可能那么顺利的。他卓越的语言能力，以及迅速将黑泽先生的想法传达给近百工作人员的表现，是我们能顺利拍片的前提。

---

1 苏联的情报机构，全称"苏联国家安全委员会"，苏联解体后，改制为俄罗斯联邦安全局。

在国外工作遇到的最大问题，就是语言和想法能否顺利沟通。黑泽先生也很倚重 K 先生，所以他不至于被开除。但又喝酒，又跟日本人走得近，足够危险的。因为，也有些工作人员是途中被除名的。

在苏联我头尾待了三年时间，女人嘛，还是需要爱情的慰藉。或许男人也是如此，但是，女人有生理上的需要。人上了年纪之后，也是会有好处的，就是生理需求跟着消失了。或许有人因此觉得难过，但对我来说，那是如同战争结束后获得解放的感觉。不再需要躲空袭了，当真可喜可贺。从此可以摈除杂念，定下心来读书了。

怎么说呢，以前都是想要受到男生欢迎，在这动机之下读的书，结果都是囫囵吞枣随便念。男生也一样，为了受到女生欢迎而做各种努力。就像孔雀为了异性展开美丽的羽毛，鲸鱼在大海中呼啸，不都是为了种族的延续而勤奋努力吗？以此形成动力，人们才会去工作，才会去制造东西。

只不过，凡是人都渴望被别人称赞，总希望能找到一点自己比他人还优秀的证据，凡是人都有这种难以收拾的欲望。男人会想要获得更多女性的青睐。所以，在自己妻子以外还想要别的女人，也是能够理解的。因为大家都想知道自己的价值。人类不同于动物的优点在于具有压制本能的意志力，还有，例如友情，就是动物所不具备的美好。如果是女性之间的友情就更难得了。

哎呀！话题扯远了真是抱歉。

黑泽先生以外，还拍过什么样的广告呢？

野上　1976年三得利金牌新上市的时候，邀请直木奖作家野坂昭如拍广告。矢口先生打电话邀请的时候，我正好在旁边。"如何？就一支广告，一支哦。不是啦，是一千万。哈哈哈，是可以买栋房子了。"大致如此。野坂先生现在在永福町的房子，我想就是用那支广告的片酬买的。

三得利金牌虽然威士忌销路不好，但我到现在还是觉得广告拍得很棒。当然，我只负责沟通联系。文案由仲畑贵志先生操刀，作曲则是樱井顺先生。

"苏、苏、苏格拉底啦，柏拉图，尼、尼、尼采啦，萨特，大家都是一边烦恼一边长大……"就是这首有名的广告歌。虽然，仲畑先生的歌词里并不是"苏、苏、苏"这样的发音，是樱井先生配合野坂的口吻作的曲。

这也是一支豪奢的广告。在浅草国际剧场由SKD[1]全

1　松竹歌剧团（Shochiku Kageki Dan，简称SKD），20世纪30年代与宝塚歌舞剧团齐名的歌舞剧团。

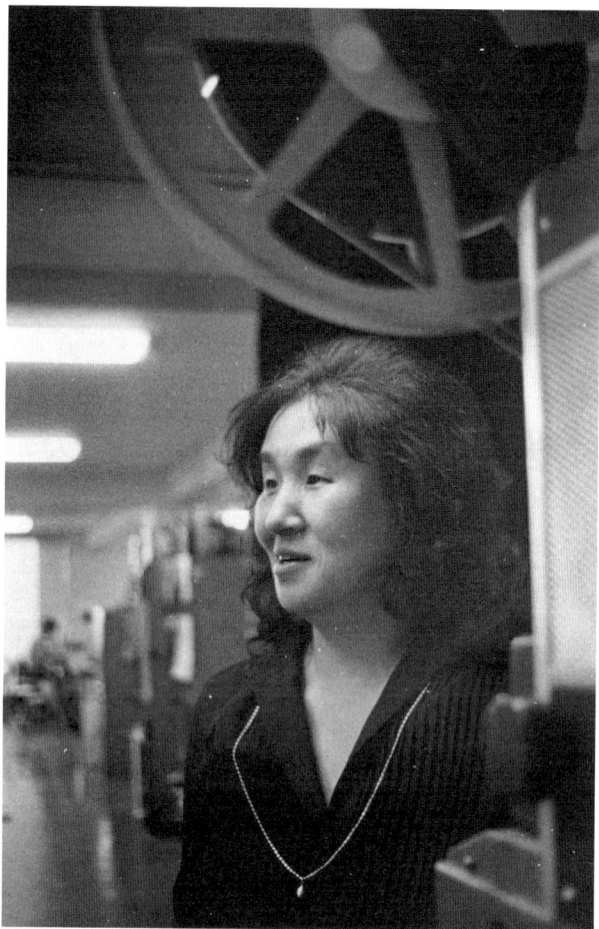

1976年，摄于SUN-AD时期（摄影：小池汪）

员演出。现在用电脑绘图就轻松多了，当时可是要等剧院散场后，利用深夜时段拍摄的。野坂说很想试试看从升降台登场，于是我们就照办了。

SKD大约有八十人吧，几乎都全裸，头上的纯白羽毛摇曳生姿绚烂豪华。拍摄前，从台上到台下站满舞者，我邀请野坂上台来，向大家介绍："各位，这位就是大作家野坂昭如先生。"站在舞台上被众多美女簇拥挥手，连身为大作家的野坂先生也害羞起来了呢，哦不，站在升降台上缓缓升起，看起来真的是架势十足的大人物呢。SKD的舞者们跟着前奏抬高了腿，一边唱着"苏、苏、苏格拉底啦，柏拉图"一边跳，野坂先生则是站在正中，头戴丝质高帽、手持手杖，口中唱着"大家都是一边烦恼一边长大"一边从舞台下方升上来。真有大人物的样子啊。他应该喜欢这样的调调吧。

野坂先生也有横尾忠则插画合成的版本，可惜没派上用场。不过插画之中也有麦克阿瑟、梦露、毕加索等其他名人，肖像权怕是个大问题，因此没被采用。可是，我觉得横尾先生还真是厉害。

还有另一个版本我也很喜欢。用合成的，野坂先生坐在霞关大厦单手拿着酒杯说"坐在霞关，把滨松町当桌子，边饮酒边眺望美国"，一口气将飞来的UFO飞碟"呼"地吹走，我也很喜欢这个。通过这次机会，后来还和野坂先生再度见面。他有一阵子好像身体不是很好，现在听说已经好多了，还能够每个星期写信到永六辅先生主持的电台节目。

自传《蛤蟆的油》时期

想请您谈谈黑泽先生唯一的自传《蛤蟆的油》和《影武者》。

野上　黑泽先生是1978年3月到9月期间，在《读卖周刊》上连载《蛤蟆的油——像是自传的文章》。一开始是总编辑S先生拜托我，前后两三次询问了黑泽先生的意思，那时候导演刚搬到调布市入间町的独栋住房。《乱》的提案还未通过，我只好转向东宝影业提出《影武者》的拍片计划。本来预定松江阳一担任制片，他离开了，最后由我接下制片工作。

一开始还无人出资的时候，用松江先生筹来的钱，去了一趟北海道勘查外景。只有黑泽先生、摄影师宫川一夫和我三个人。总之，由于资金不足，北海道的外景勘查也是通过高千穗证券交易公司的人（当初要拍《虎！虎！虎！》时也是多亏他们帮忙）帮忙打点车辆等设备。饭店也选在苫小牧的小旅社。一早黑泽先生起床后，跟我说："这里的浴缸没法躺下去泡澡，我好惊讶！"在我看来这其实没什么，但黑泽先生应该是只见过饭店式的大浴缸吧。印象中，总觉得我们一直在吃拉面！

那是我无法忘怀的事情，时间来到12月28日，在高千穗开会时，司机凑近我说："田宫先生过世了，是的，就是田宫二郎先生。"也不知道他怎么知道我认识田宫先生的，我确实认识他。因为，他有时会打电话来跟我求救。那时的前一年吧，田宫先生寄给我一些类似周刊剪报与英文报纸剪报的东西。听说他英文还不错。

内容约略如下："有一个关于《将军》的很有意思的提议。黑泽先生愿意执导这部片子的话，伦敦的电影制片公司说他们愿意拍成电影。能不能请你帮忙邀请黑泽先生？"

当我转告黑泽先生之后，他回答说："这个很久以前就听松江说过，但我拒绝了。"而且他还说，在某个派对上松江就曾经介绍了田宫二郎给他认识，于是我就想，既然如此也不需要我再插手了。但是在那之后，田宫先生又打了好几次电话来说了一些"我也会负责资金调度，所以不用操心钱的事"之类的话。他的声音听起来像是被逼迫到绝境的决绝语调，所以才会演变成后来的结果吧。

听说他是用猎枪自杀的，应该是已经被逼到走投无路了吧。电话那头的声音残留在耳，我很遗憾没能帮上忙，因为黑泽先生都说了："那种东西，拍不下去！"我也无计可施。

但吊诡的是，1980年三船先生在美国派拉蒙电视台主演这出《将军》，结果收视率非常高。虽然也有人酸溜溜地说："那是因为刚好美国演员工会发起总罢工，所以找不到人演。"

说到《影武者》，最后是东宝做出退让，将预算从原本的10亿日元调高到11亿日元，总算是准备开拍了。

我知道《影武者》遇到了胜新太郎被撤换等各种意外，这个部分在《等云到》里已经完整叙述过了。电影杀青之后还有没有什么插曲，能不能请您分享一下。

野上 《影武者》的世界首映于1980年4月3日在有乐座戏院开幕，邀请来自海外的威廉·惠勒[1]、弗朗西

---

1 威廉·惠勒（William Wyler，1902—1981），美国导演。代表作《宾虚》《罗马假日》。

斯·科波拉[1]、萨姆·佩金帕[2]等人盛大举办。

首映第一天，以黑泽导演为首，包括仲代达矢、山崎努等人在有乐座入口列队欢迎宾客。这是常规做法，但广告组突然起了一阵骚动："胜新好像要来。""不，他已经到那里了。"紧张的消息不绝于耳。由于仲代先生要负责迎接，众家记者和摄影师们想当然蜂拥而至，要捕捉这两人狭路相逢的画面。

"谁叫胜新来的呢？""是组长林先生叫的吧？"之类的耳语此起彼落。我不想为此争执，直接问山崎："怎么办呢？"他回答说，让仲代先生先回避一下好了。于是赶快叫仲代先生进办公室来，拜托他"胜新入场之前暂且在这里待一下"。

仲代先生虽不情愿，还是一直坐在办公桌前，直到得到危机解除的通知。当时，听说黑泽先生凭着天赋的敏锐直觉，在胜先生出现之前就"咻"一下瞬间消失，在戏院里绕了一圈才回来。仲代先生后来也回到入口，可是电影放映完后，记得我还被他臭骂了一顿。

1　弗朗西斯·科波拉（Francis Coppola，1939—　），美国导演。代表作《教父》三部曲。

2　萨姆·佩金帕（Sam Peckinpah，1925—1984），美国导演。代表作《日落黄沙》《稻草狗》。

他的想法是："为什么要我离开？我又没做错什么事情。被大肆报道又怎样，我们可以光明正大面对面解决嘛！今天应该是我的表演舞台，为什么要我躲起来呢？"他说的其实也有道理。

虽说我们有顾忌，刻意避开媒体的逼问，不过仲代先生倒是很有兴趣与胜先生面对面解决问题。胜先生似乎是在宣传部的带路之下去到二楼观赏。试映会后，胜先生被记者包围发表了他的感想："如果是我来演，会更好看。"确实有人发表了类似意见，不过那已经是不可能的事了。

诚如您所知，《影武者》在1980年的戛纳国际电影节与鲍勃·福斯[1]的《爵士春秋》二片共同荣获金棕榈奖。之后1981年从纽约到意大利的索伦托、1982年到戛纳与威尼斯，都是去巡回领奖的旅程。

戛纳旅行期间，仲代先生和我、NHK的W先生都同行了，黑泽先生应该是感到如释重负吧，心情很不错。诚如他自己所言："本来以为自己已经不行了，一定是最后时刻贵人及时出现救了我。"也许，他真的是在幸运之星的祝福下诞生的。

---

1 鲍勃·福斯（Bob Fosse, 1927—1987），美国导演。代表作《歌厅》《爵士春秋》。

第五章　电影《母亲》的原型

关于父亲

　　这一章主要是想要厘清，与电影《母亲》及其原作《给父亲的安魂曲》不一样的野上家家谱。请问府上籍贯是哪里？

　　野上　野上家的籍贯是山口县丰浦郡菊川村。下关市街的北边那里。平成十七年（2005）的行政区大整并之后，现在好像纳入了下关市管辖。

　　山口的野上家虽然是一个大家族，却不是武士后代。充其量算"庄屋"[1]之类的职务。父亲名叫岩，生于明治三十四年（1901）11月3日，应该是那时的天长节[2]吧，听说

1　江户时代的村长。
2　明治时代庆祝天皇诞辰的节日，"二战"后改名为天皇诞生日。

祖父知道生了男孩，马上从田里飞也似地奔回家中。

父亲就读县立山口中学（旧制）四年后毕业，先进山口高校（旧制），毕业后再到东京帝国大学德文科就读。是生田长江[1]的学生，内田百闲老师晚一届的学弟。大正十五年（1926）毕业后随即就任日本大学预科教授，和母亲绫子（旧姓村田）原为远房亲戚，大正十二年（1923），父亲二十一岁时两人结的婚。当时还是学生。父亲大学时期的集体照里，还抱着小婴儿跟大家站在一起。

请问您对令尊最初的记忆是什么呢？

野上　我从小觉得不可思议的是，每当父亲要出门之时，以及回到家之后，总会向过世的双亲，祖父孙四郎与祖母阿久的照片行礼。仿佛在讲"我出门了"或是"我回来了"，两位的遗照很像是天皇照片，祖父是拿着"笏"的神主[2]装扮，祖母则是束发美人。在小孩子的心目中，他们就像伟人一样。年纪渐长，我曾自以为是地对父亲说："唯物论者为什么要祭拜像神明一样的人呢？"父亲则回答："不是神明，是祖先。是感谢我们的祖先。"从明治末年到大正

1　生田长江（1882—1936），评论家、翻译家。
2　神主是神道教的祭司，负责主持祭典等重要仪式。

时期，日本人不是都想成为博士或大臣吗？总之，我的祖父孙四郎当年似乎也很想有一番作为。

现在听九十六岁高龄的姑姑说，她对当时的事情还记得很清楚。虽说昨天的事情都不记得了。她说的简直就像是成濑巳喜男[1]的电影情节一样。

令尊的亲戚目前只剩这位姑姑了吗？

野上　是的，在父亲底下还有贞子与惠美子两个妹妹，现在只剩下惠美子姑姑还在。祖母是那照片里的阿久。在山口县一个叫小野田的地方，母女三人在一间小房子里相依为命。因为，祖父怀有雄心大志，离家之后再也没有回来，父亲则是在山口高校过着住校生活。

就这样过了一段时日，有天终于得知祖父的住处，似乎是在别府的金光教分部大展拳脚。祖母患有气喘，身体羸弱，又苦于生活无以为继，于是带着两名幼女，据说是连夜逃命似的离开山口县，往别府去了。那天是1月7日。姑姑说，她永远也不会忘记，天还没亮天气很冷，她看到了

1　成濑巳喜男（1905—1969），昭和时期电影大师，与小津安二郎、沟口健二、黑泽明被国际影坛称为日本电影四大巨擘。代表作《晚菊》《浮云》《饭》《放浪记》。

第五章　电影《母亲》的原型　　　　　　　　　　　　　　161

闪亮的金星,她当时年仅六岁,这已经是九十年前的往事了哦。

祖母阿久为了要去金光教分部投靠祖父,一路上气喘吁吁地带着两个小孩从下关再转搭船前往别府,真是无法想象路途会有多艰辛。姑姑说她绝对忘不了,母亲将煮熟的昆布咬断给她们姐妹分食的情景。很悲惨吧。

到了别府,会有办法过下去的,祖母心里应该是这么想的吧。他们在金光教旁二楼租了一个房子。祖父孙四郎在分部似乎是有些影响力。但体弱的祖母,一到别府就卧床不起,没多久就在二楼的屋子里去世了。只剩下两个年幼的姐妹以及远从山口高校赶来的哥哥岩,三个孩子坐在床边不知如何是好。

在那之后,姐姐开始在餐厅工作,妹妹惠美子则被父亲孙四郎带到位于金光教分部所在的森町当地小学就读。在那里父亲孙四郎又续弦,惠美子有了继母。不过,上了小学却没人帮她准备便当,中午时间都是一个人在校园里玩耍。

据说父亲进入东京大学就读的时候,有人提出条件:只要他愿意和远房亲戚村田绫子结婚,村田家就愿意负担他的学费。村田绫子就是我的母亲,电影《母亲》的原型。母亲也是个命运悲惨的人,同样是因为父亲再婚,自己成为家中的累赘。真的是左看右看，都像是日本的悲惨小说。

难怪当时会流行自然主义文学[1]。

野上　我觉得父亲岩（就是电影中的父亲）了不起的地方在于，自己也不过是二十出头的大学生，觉得被丢在继母身边还在念小学的妹妹很可怜，就把她叫到东京来住。刚好我的姐姐（在电影里唤作"阿初"）刚出生，就拜托她帮忙照顾小孩，同时让她去中野的音乐学校就读。惠美子姑姑因为长得很漂亮，后来在百货公司做销售员，也是辛苦了一段时间，至今还很感念父亲对她的照顾。

父亲不只是照顾自己的亲妹妹，对继母所生的弟妹，也是在他们双亲过世之后从读书到就业的所有事情，全都照顾到了。相较于现在的年轻人，那时候的人真是很了不起。

野上女士出生于昭和二年（1927）5月，是家中的第

1　19世纪末以法国为中心的文学流派，代表作家为左拉与莫泊桑。20世纪初传至日本后，以田山花袋与岛崎藤村等小说家为代表，转变为挖掘内心世界的私小说创作形态。

二个孩子（次女）。实际上昭和元年只有短短七天[1]，野上女士可说是刚出炉热腾腾的"昭和之子"呢。然而令尊当时年方二十六岁，即便身为日本大学预科教授，在经济上也是相当拮据吧？

野上　根据户口名簿上记载，我是在东京府丰多摩郡中野町出生的。当然，我完全不记得了。父亲在日本大学预科当老师的时候，应该是住在大森，我长大以后常听到他们说大森大森，也搞不清楚到底在哪里。约略有印象的是，房子还蛮大的。不过也可能因为当时年纪小，所以觉得空间很大，不过，庭院真的很宽敞。由于父亲加入了普罗科学研究所[2]和新兴教育研究所[3]，被日本大学以思想不正确为由开除，昭和六年（1931）5月父亲便在高圆寺开了一家旧书店。

哦，在高圆寺开旧书店啊？

1　昭和元年始于1926年12月25日，七天后即是昭和二年。

2　普罗科学研究所，1929年成立于东京帝国大学，所长为秋田雨雀，机关刊物为《普罗科学》。创所之初为研究性社团，后加入普罗文化联盟，宗旨转为启蒙大众。

3　新兴教育研究所，1930年成立，旨在动员教师批判布尔乔亚的教育方针。

野上岩被逮捕前夕，和妻绫子合照，摄于1938年左右

野上　对，一开始是的。叫作"大众书房"，记得是爸爸亲手在红色旗子上写字挂在门口。一家位于车站到杉并第四小学校路上的小店，不过，有很多人会来。有自己学生的学生，也有一些中国台湾人、朝鲜人，他们都常来。对于食物的记忆，则是有一个叫作林先生的台湾人，让我知道了什么叫米粉。当时朝鲜人受到迫害，无法找到像样的工作，都是做一些清粪便，或称之为"屠狗人"的搜捕野狗的工作。每次我看到野狗被捕获之后关在笼子里用人力车运走，就觉得它们很可怜，便很认真地打定主意，长大之后有钱了，要把那些野狗统统买回来。

就在那一年的10月11日，秋田雨雀[1]的日记里记载了，在新兴教育研究所总会里父亲使用笔名"新岛繁"发表开会宣言，同一时间被政府强迫中止活动、强制解散，父亲与槙本楠郎、田部久等人都被拘禁起来。因此，旧书店被迫关门，举家搬到高圆寺六丁目七二三番地，也就是电影《母亲》里的家。

令尊是共产主义者吗？

1　秋田雨雀（1883—1962），剧作家、诗人、童话作家、小说家。

野上　不是，那时候不是。他是在唯物论研究会[1]成立纪念的演讲（在日比谷美松屋）结束时被逮捕的。父亲是研究会创始成员，于昭和九年（1934）开始向户坂润的"唯物论研究会"机关报投稿。每当唯物论研究会办活动的时候，就会被逮捕。户坂先生及三木清后来死于狱中。我因为年纪还小什么都不懂，父亲在昭和十二年（1937）就以笔名新岛繁出版了一本名为《社会运动思想史》的著作。

旧书店是在昭和六年（1931）10月停业的吗？

野上　是的。其实开了不到半年。书店面对马路，父亲会取得海外通信之类的报道拿来卖。那个店以前也是别人的住家，正面是旧书店店面，里面我记得是一般的日式长屋。屋顶上是晒衣场，就是丰田四郎导演的《爱哭小子》里出现过的。当时的房子，差不多就是那个样子。昭和八年（1933）2月小林多喜二不是被杀害了吗？[2]就在

1　唯物论研究会为1932年10月，以户坂润、冈邦雄、三枝博音为中心创立，机关刊物为《唯物论研究》。该社1938年解散。
2　小林多喜二（1903—1933），日本无产阶级文学的代表作家、小说家。代表作为《蟹工船》。于1933年被特高警察逮捕，送到筑地警察署，同一天死于刑事侦讯。当局对外宣称死因是心脏停搏，并且禁止解剖尸体，其作品直到战后都一直列为国家禁书。

那一年的五一劳动节，父亲又被逮捕了。所幸，11月的时候就被释放了。总之就是一直在看守所进进出出。昭和十五年（1940）被起诉之后进入看守所，那就是电影《母亲》的时代背景。

可否请您谈一谈当时令尊的朋友，或是在暗地里支持他的人。

野上　山口高校时代有一个好像叫作三羽乌的朋友，另一个是同志社大学[1]的老师篠田一人先生。一直到父亲过世，篠田老师都是他交情甚笃的朋友，我们一直很受他照顾。还有一位是教育学者矢川德光先生。矢川先生帮我们野上家拍了很多家族照片。

这位矢川先生就是2002年5月去世的矢川澄子[2]女士的父亲对吧。

野上　是的。大家都各自有了发展，只有我父亲最穷啊。

1　位于京都的私立大学。
2　矢川澄子（1930—2002），诗人、翻译家。当年有天才少女之称，在学期间即是才华横溢的明日之星。

1938年左右，后排是野上姐妹，初惠与照代（后左）。前排是矢川姐妹，右边是澄子

野上女士与小您三岁的矢川澄子女士一起照过相，是因为住的地方离矢川家很近吗？

野上　不是，并没有很近。根据郡淳一郎先生制作的澄子女士年谱来看，当时的矢川家位于世田谷新町，跟我家有一段距离，不过，因为感情很好，我们家也会过去拜访，彼此都常走动、来往。我记得德光先生的相机是徕卡的。总之，他有一台很棒的相机。对我来说，这是一张弥足珍贵的照片。没有这张照片的话，就无法得知当时的具体情况。还有，这张照片也拍得非常好。

实际上，这次电影制作在找资料的时候，这张照片帮了很大的忙。我们这些小孩当时都是在树下玩的，这个真的让我想起许多往事，脑海中浮现出了澄子在玄关前画画的样子呢。

旧书店关门之后，野上家的家计靠什么维持呢？

野上　靠母亲当小学老师来维持的。前面提到，父亲有贞子和惠美子两个妹妹，也就是我的姑姑，大姑姑贞子，我们都称她是"芭比将"。因为我小时候不会喊"欧巴将"（日语：姑姑、阿姨），只会说"芭比将"，所以就变成"芭比将"了。大姑姑在区政府工作，并且和我们住在一起。还有，目前依然健在的九十六岁高龄的惠美子姑姑，或许是因为已经结了婚，没有给我们经济上的协助，但那时候亲左派的女性通常都从事商品促销或是模特儿的工作，她就是做这种工作的。大家都工作，勉强维持着生计。

母亲娘家会寄些生活费给你们吗？

野上　根本不可能。还有就是，父亲的朋友好像会帮我们去募款。不记得是什么时候了，有一次母亲不在，一位像是父亲友人的人来了，交给我一个信封后说："把这个交给你母亲。"说完就离开了。后来才知道里面装的是钱。

算是左派之间相互扶持的情谊吧。

野上　大家都是互相帮忙的。在高圆寺、天沼一带也确实有很多看起来像左派的人。剧团成员都是这样的。壶井重治先生，还有新话剧学会的人也是。不知道是不是因为杉并这一区特别多。

结果，令尊被迫发表了"转向"的声明是吧。

野上　是的，签署了转向声明后，昭和十五年（1940）12月就得以保释出看守所了。说起来，《给父亲的安魂曲》与电影里演的都和真实情形有所不同，让大家失望了真的很抱歉，电影与原著的结局都是杜撰的。当然，应征投稿的时候，已经预先说明了。

原著里也提到，家人与关在看守所的父亲之间的往来书信中，小孩子什么都不懂，只会一直说快点回来、快点回来、我等你回来之类的话。如今回想起来，对当时抹杀父亲信念的这些举动，感到深深的抱歉。

但是，如果没有同意转向，很可能也会像小林多喜二一样被杀害吧。

野上　确实如此。父亲获释后随即以兼职身份担任德国大使馆的翻译工作，听母亲说，那是"经济上最为宽裕"的时期。虽然时间不长，但野上家经济条件比较好就是在这时候，一直维持到战争结束后不久。

在德国大使馆工作之后，父亲回到家还会继续做翻译的工作。虽然他不会跟我们说，但是他会对母亲说"德国情势很严重"这些事情。

德国情势很严重指的是德国开始打败仗了吗？

野上 应该是这样吧。德军在斯大林格勒保卫战中被包围，几乎全军覆没，奥斯威辛集中营大屠杀的消息，想必也已经传到大使馆了吧。

与昭和一起开始的人生

令堂与令尊当初是怎么认识、结婚的呢？

野上 我的母亲，村田绫子在明治三十六年（1903）出生于山口市的警察署长家。感觉上是有钱人家，我后来也去过好几次，宽广的庭园有一些垫脚用的石头，尽头种着美丽的松叶牡丹。署长村田广一先生在女儿绫子出生后没多久就离婚了。然后再婚。又生了一个同父异母的孩子。虽让绫子进入女子学校就读，但好像还是寄养在亲戚家。

另外，一个没有血缘关系的远房亲戚，就是刚从山口高校毕业的野上岩，踌躇满志来到东京，进入帝国大学读书。时值大正十一年（1922），他似乎身无分文，凭着山口县育英基金的借款暂时得以入学。之后，隔年大正十二年（1923）3月，与村田绫子结婚。我看到他写在笔记本上的类似自传的东西，才知道父亲是在村田家愿意全额负担学费的约定之下和母亲结了婚。同一年苏联成立，日本则流行着"我是河原上枯萎的芒草"[1]。有没有感受到，那是个什么样的时代？

可以感受到大正浪漫[2]与昭和新时代的奋进气氛呢。

野上　《母亲》有幸被搬上银幕，我非常感激，尤其是拜这部电影之赐，我重新认识了我的父亲。倘若没有这部电影，也许我就不会特别去翻出父亲的旧笔记，也不会特

1　日本著名歌谣，原名《枯萎的芒草》，后改名为《船头小曲》，野口雨情作词、中山晋平作曲。
2　大正浪漫是形容日本大正时期（1912—1926）文化思潮与时代氛围的用语。受西欧19世纪浪漫主义的影响，此时期的时代精神为主张个人自由与个体解放。

别去查那些年表。将近三十册(虽说不是全部)几乎被父亲翻烂的读书笔记,如今也都回到我的身边。里面满满地记载了一个青年的苦恼与呐喊。感觉不是我的父亲,而是一名男性。忍受着贫穷,对抗着社会矛盾,又必须要养家。更令他痛苦的是,毫无出路的恋爱。

所谓的恋爱,是指与绫子结婚前的事吗?

野上　是的。从山口到别府的火车上,父亲与一对美丽的姐妹坐在一起。以前的火车很浪漫吧。他迷上了姐姐,但是她已经结婚了。苦闷的父亲在两姐妹下车的地方漫无目标地四处晃荡寻找芳踪。以她在火车上身披的紫色披肩为唯一线索。幸运的是,不知道是什么机缘巧合,后来还真被他找到了。不过,人家都结婚了,也不可能怎么样。从这里开始,简直就像是小说里的剧情:妹妹却爱上了父亲。他伤心地甩开失恋的悲伤回到东京,结了婚,然后投身于社会主义运动。

与此同时,失恋的妹妹登美子也结了婚,渡海去了中国东北。应该是开垦团吧。完全是那种,被命运捉弄的小说情节!

当时的笔记里写到一首失恋的诗。二十一岁的青春苦恼,多么哀伤啊。"每逢月圆夜,不觉思及卿,送君寒露重,彼岸伫立时……"

父母结婚那年的9月1日,就是关东大地震。接着是朝鲜人虐杀事件[1]、大杉荣与伊藤野枝[2]被杀害、日本右翼势力抬头,与其相抗衡,社会主义运动也蓬勃发展。

昭和二年(1927)5月,身为次女的我,电影中的"阿照"出生了,可是,父亲是思想犯,找不到工作,顶多只能拜托人转包翻译的工作给他,勉强维持生计。昭和四年(1929),首次使用新岛繁的笔名在《尖兵旗》杂志刊出他翻译的诗。之后才听父亲说,那是结合了尼采、马克思与西格尔的命名方式。其实我也不太清楚。

野上女士的人生可说是与昭和同时开始的呢。

野上　我是当时人们常说的"昭和之子"。常跟着大家唱:"昭和、昭和、昭和的孩子是我们。"小学读的是杉并第四小学,大约二年级的时候吧,在学艺会演出中获得扮演云雀母亲一角的机会,需要一双白袜子。但因为家里没钱变得很棘手,于是芭比将(大姑姑)到舶来品店帮我买了

1　关东大地震之后,坊间流传在日朝鲜人会有大规模暴动,因而引起社会恐慌,致使全国各地的朝鲜人遭警察与民众虐杀。
2　大杉荣与伊藤野枝皆为无政府主义者,投身于日本社会解放运动。夫妇俩在关东大地震的混乱时期,被宪兵队逮捕并杀害。

十岁的时候，与姐姐初惠在高圆寺家里

一双白袜子。好开心。云雀母亲是一个正派角色，她对着小云雀们唱着"不要被人类骗了"的歌曲。

我还记得当时一边振翅唱着"在妈妈回来之前，要乖乖在这等着哦！"一边走向台下退场。

学校要我们填写家庭调查书这类东西，我总在父亲的职业栏写上"著述业"。这么艰深的字，当时竟然就会写。父亲进入看守所的时候，就写"生病回乡下休养"。

接着就如前所述，父亲在昭和十五年（1940）12月被迫转向，随后保释出狱。隔年十六年，就到德国大使馆兼职。而日本发动太平洋战争，就是在那年的12月8日。

福薄的母亲，与双亲的死别

战后的野上家是怎样的情况呢？

野上　战争时，我和姐姐到山口避难期间，高圆寺的家遭到空袭整个烧光了，不过父母跟姑姑们都平安无事。但很不可思议的是，竟然完全不记得重逢时的喜悦或感动什么的。或许，这在当时是很稀松平常的事情。

战后全家住在天沼三丁目八〇三番地。最近的车站是阿佐谷车站，步行大约二十分钟。战后，背着装有跟农家交换来的黑市番薯的背包，气喘吁吁地跟母亲边走边聊回家。当时许多人逃难后又回来，住在半烧毁的房子里，因此，一间房子里住上两三个互不相识的不同家庭也是很平常的事情。厕所和厨房都要共用。大家能够忍受这样的生活，真是不可思议。

战后，令尊情况如何？

野上　战后他马上加入了共产党。根据留下来的资料（神户大学《近代》发行会刊新岛繁悼念专集，1958年

12月），父亲在日本共产党体系的工会办公室帮忙，又在
《新日本文学》《人民文学》《近代文学》《文学》《人权民
报》《教育》《教育评论》《政界往来》《自由评论》等杂志
或书评报刊上，写一些不太领得到稿费的翻译或评论。其
中，昭和十二年（1937）由三笠书房出版的著作《社会运
动思想史》，二十年后由新日本出版社再版发行，出到第
三版。可也不是多大收入。甚至当时我在东宝工作拿的
薪水，好像还比父亲的版税来得多。在家中我还被笑称是
"小当家"呢。

令堂倒下是什么时候的事呢？

野上　母亲染上肺结核的时候，我在京都一边照顾岳
彦一边在大映制片厂工作。我想是长年积劳成疾的关系。
那时罹患肺结核等于是不治之症，母亲也没有住院，家里
没钱买那种很贵的药，单靠一个在诊疗所工作的父亲教过
的学生，有时候来帮母亲注射维生素。当然，同一屋檐下
的邻居，（因为怕被传染）也全都搬走了。

当时我正忙着《七武士》，照顾病人的事全仰赖姐姐，
母亲似乎很期待我能回家跟她聊聊电影什么的。母亲临
死前不久，还在病榻前跟我说："我死了以后，客人来的话
坐垫会不够。"

病危的时候，附近医生还带了氧气筒来给母亲吸，然而昭和二十九年（1954）1月24日半夜，母亲还是在我们的睡梦中离开了人世。父亲把我们摇起来说："母亲死了。"不管父亲怎么摇动母亲的身体，不停喊着"绫子，绫子"，母亲也只有嘴巴微微动了动而已。那是个凛冽的寒夜。

但我们也没有办法办丧事，只能将骨灰罐（从火葬场抱回来的）放在盖上白布的橘子纸箱上，上个香致意而已。到了晚上，记得野间宏[1]先生还过来探望。

一年后的昭和三十年（1955），父亲不知打通了什么关节，受聘成为神户大学讲师。那边也有一些朋友就是了。并且，父亲还把我跟姐姐叫过去，让我们看照片，说他打算和照片上的这个人结婚，问我们的意见如何。

对方是怎么样的女性呢？

野上　跟母亲完全不同，是作风洋派的摩登美女。她就是上文提到的父亲在火车上遇到的姐妹中的那个妹妹，叫登美子。她跟丈夫一起去了中国东北，直到战争结束，与丈夫分手后，带着一个女儿归国，女儿却在船上不幸去世了。回到日本后，姐姐也不在了，只能投靠伊丹市的友

1　野间宏（1915—1991），小说家、评论家、诗人。代表作《真空地带》。

人，独自摆摊谋生。后来从市政府那儿打听到，以前喜欢的人——野上岩的消息。守着卧病妻子，孜孜不倦投身民主运动的父亲那里，有一天终于来了一封信，准备要唤回他往日的青春。

登美子也是对感情相当执着的人啊。

野上　我想父亲也很痛苦。他一定担心，要是自己病榻上的妻子知道了，要怎么办呢？父亲常常受邀到地方上演讲，应该是趁演讲的时候与她见面的。

负责照顾母亲的姐姐说，母亲说过："父亲在外面有女人了。"问她为什么知道，母亲回答说："他旅行回来的时候，衬衫总是叠得很漂亮，那绝对不是他自己叠的。"真的，女人的观察力是很可怕的。

这也是事后才听说的，父亲要求登美子从伊丹把信寄到四谷惠美子姑姑家，然后再自己去四谷的家拿。

姑姑在父亲过世后也常常说着说着就哭起来："我是可以理解你父亲的想法，但是你母亲也很可怜，总觉得对你母亲感到非常抱歉。"她说父亲每隔几天，就会去四谷看有没有信寄过来。明明没钱，还买了今川烧的伴手礼什么的过去。讲到这里，姑姑又哭了起来，说父亲也很可怜。大姑姑芭比将因为癌症已经去世了，父亲也只能依靠惠美子姑姑。

其实野上女士的心情也很复杂吧？

野上　该怎么说呢，母亲走后一年，父亲得以到神户大学工作，顺利地跟以前的女人结婚了。接着也轮到我结婚，父亲也可以说是很幸福，不是吗？

不过，人生还是有很多说不明白的地方。母亲过世还不到三年，父亲也因为肝癌病逝。父亲的好友篠田一人老师紧急通知我父亲病危，当时我还在拍片，马上赶搭飞机去见父亲。当然，姑姑跟姐姐也赶了过去，已经是没剩几天了。那时我才第一次见到来自伊丹的登美子小姐。理论上算是继母，但实在不想叫"妈妈"两个字，还是称呼她"登美子小姐"。

虽然父亲很高兴我来了，不过他应该也会想到，是不是自己已经时日无多。一会儿说："我想听舒伯特的《冬之旅》。"等我盯着他看，又笑着说："你母亲做的便当真是很好吃啊！"似乎是回想起在看守所吃的，母亲送去的便当。那当然跟登美子小姐做的燕麦片早餐完全不一样啊！父亲又说："你母亲做的菜真是好吃！"因为我还要工作，只待了一晚就回去了。

现在我会觉得，当时要是能一直待到父亲生命的最后一刻就好了。但是，当时却不想看着父亲在眼前撒手人寰。

父亲享年五十六岁。我现在的年纪，已经远远超过父亲的岁数了。我常想，放到现在，就可以跟父亲像朋友一样边喝酒边聊天了呢，真是遗憾！应该有一堆话想跟彼此说呢。

前阵子普度，一个人去了多摩灵园祭拜父母，很久没去了。将《母亲》的电影宣传和罐装啤酒供上，跟他们报告："拍成了这样的电影，感谢你们。"

第二部　随笔集
落叶拾选

三鹰町下连雀

"三鹰町下连雀"这个名字对我而言，就像针尖扎在心中某个角落般令人感到刺痛。

在那里，尽是一望无际的麦田，随风摇摆的稻穗，还有高音鸣唱的云雀。

昭和二十二年（1947），二十岁的我在麦田中紧张地朝着太宰治的家迈步走去。当时也没跟父母亲说，下定决心就出了门。当然，那是我第一次拜访。

那时我没几件衣服可穿，还是努力在棉布的碎花和服上围了条黄色腰带。算是动了一下脑筋，看能不能带给他一些质朴的好印象。

好几天前，我绞尽脑汁思索送什么能让太宰先生开心的礼物，最后决定利用手边碎布，做东北女孩造型的人形娃娃。这也隐含着"朴质"和"津轻"[1]两个概念，说到底，

---

1 津轻位于日本东北地区的青森县。太宰治的故乡就在津轻，（转下页）

也就是抱持着"想引起太宰先生注意"的打算而做出的选择。

到现在我还能清楚记得，当时杂志上刊出太宰先生的《铁钟声》和《维荣之妻》的那些铅字。

我很喜欢《御伽草纸》和《津轻》。

我已经不太记得太宰先生家的外观了，但打开玄关时的印象却很强烈，记忆鲜明。

太宰先生家的玄关入口有个不到五平方米的小房间（从前的房子大多是这个样子的），有可脱鞋的地方，以及木制横框，纸拉门集中拉到左边。

"有人在家吗？"我探了一下头，出声询问。

"来了。"从距离很近的地方突然传出声音，吓了我一跳。从纸拉门后面将身体往后仰、探出头来的不是别人，正是太宰治。他在拉门内面向着桌子，似乎在写稿。

太宰先生瞄了我一眼，什么都没说就屈身向前、消失在拉门后面——或许是因为，经常有书迷到访的缘故。

后来，我们只能透过拉门交谈，就像是在教堂里向神父忏悔一样。我完全不记得自己说了些什么，只是把亲手做的人形娃娃，悄悄放在门槛上。我以为太宰先生至少会

（接上页）也曾以此为题发表同名小说。

再露个脸，却始终没有等到。但似乎是听到了"嗯"，或者"好"的声音。

我说了声："那我先告辞了。"接着，太宰先生便在拉门的另一边回说："好的。"我整个人像是泄了气的皮球，犹如吃了闭门羹一般，丧气地回到麦田中。云雀仍是几近嘈杂地鸣叫着，仿佛在嘲笑我。

当时，新兴出版社如雨后春笋般一家家成立，陆续在招聘编辑。我进入八云书店这家文艺出版社工作，是昭和二十二年（1947）春天的事。

那是为了应付新创刊的《八云》月刊而扩充编制。入社后我才得知，他们同时在策划《太宰治全集》，并已经请来太宰治的学弟，同是作家的户石泰一担任编辑。

户石先生个头很高，一派悠然自得的风格，一口东北口音的笑话，常把大家逗得哈哈大笑。

他和当时一些文坛作家也有来往，经常带我去那些作家的聚会，为我引介。

我们也曾造访阿川弘之。

印象中是在四谷一带，一片红彤色的火灾残迹中，有间像是被埋在地下的，防空洞改造的小屋。户石先生在屋前喊道："阿川，阿川。"阿川先生便像是用爬的方式出现在我们眼前,两人站着谈话,回想起来真是令人怀念。

户石先生也常聊起太宰先生,有次邀我说:"下次要不要一起去啊?"但我一想起那天的事就觉得丢脸,对户石先生也只字未提,不敢答应他的邀请。

当然,太宰先生是不可能记得我的。不过,当时我总觉得,只要一见到面,他就会认出我来了。

和井伏鳟二老师见面也是那时候的事。我的角色与其说是编辑,其实更像是帮忙跑腿的,去到老师位于荻洼的家取稿件,那是我们第一次碰面。之后,常常跟着两位老师,去阿佐谷一带的小酒馆,或是新宿的口琴横丁[1]。想来两位老师对我这个不识相的女生,一定很头痛吧。

当时的口琴横丁恰如其名,一堆火柴盒般的小酒馆,彼此之间以一片薄薄的三合板区隔相邻,拥挤却充满活力。

《八云》当初创刊的目的是要成为庶民的生活情报志,也会连载一些社会底层的文章,因此曾委托平林泰子

---

1 战后兴起的商店街。在吉祥寺火车站附近的一块区域,众多小店并肩林立。作家龟井胜一郎曾以口琴形容这里小小的店家一格格排列的样子,此后就有了这个名称。

小姐到口琴横丁采访。

傍晚的横丁里每间小酒馆都忙着备料,到处弥漫着生火产生的烟味,一些早到的客人的谈笑声此起彼落、活力十足。平林小姐一边穿梭越过杂沓人群,一边看向左右店家,猛然转头向尾随在后的我大喊:"你看! 能够存在的事物,都有它的必然性的,你懂吗?"脸上满是一种"真理就是如此"的确信表情。

井伏老师是横丁一家名为"道草"的小店的常客。这里一旦拥挤起来,客人便得紧挨着身体,一动也不能动。借用老师的话来说,如果用背砰砰砰地撞击背后的三合板,隔壁店家的客人也会同样撞回来,就是拥挤到这种程度。

我跟在作家们的屁股后面,穿梭在这些小酒馆之间,感觉如独当一面的编辑似的,开心得不得了。

此外,由于我住在阿佐谷,下班回家的时候会经过车站附近的小酒馆,有时会发现所谓"中央线沿线作家群"的诸位成员,已经在那里针对文学话题高谈阔论。

车站南口有一家作家们聚会的小酒馆,经常能见到井伏老师和青柳瑞穗先生。

井伏老师总是埋怨说:"我的小说青柳一本都没看过啊。"青柳先生则是把手肘撑在吧台上,装作没听到在一旁干笑。青柳先生有个习惯,笑的时候整个下巴像是会扭动般左右移动,那表情真是令人怀念呢。

感觉老师那时候十分爽朗且开心。当时阿佐谷一带还只有零星几家用棚子搭起来、装潢简陋的店家,老师和青柳先生在路上边谈笑、边穿梭在小酒馆间的身影,不禁又出现在我脑海。老师走路的样子仿佛是用脚尖把和服的衣摆往上踢,就像孩子玩闹的方式一样。

或许是因为那时每个人都满腔热血,作家间的往来也相当频繁,晚上会在一些小酒馆待到很晚,尽是聊一些小说相关的话题。

在井伏老师家中也不只是编辑,还经常能见到上林晓[1]先生和龟井胜一郎[2]先生等人。有一次,针对当时蔚为话题的小说,井伏老师罕见地和几位作家展开热烈讨论,我就在一旁聆听。我忘了是哪一本小说,但记得老师批评说,若是依照小说描述的方式去检查房屋结构,就会产生矛盾,逻辑上无法成立。

因为书中提道:"沿着走廊向前直走,阳光会从这边窗

1　上林晓(1902—1980),小说家。代表作《偷蔷薇的人》。
2　龟井胜一郎(1907—1966),文艺评论家、思想家、学者。1965年以《日本人的精神史研究》获菊池宽奖,同年成为日本艺术院会员。

户照射进来。"然而，右转之后坐落在另一侧的房间，却又能从窗户直接看到太阳，这实在是太奇怪了。老师一边用手在空中比画方位，一边说明小说里的描写过于暧昧，那身影到现在都深深留在我的脑海。

昭和二十三年（1948）6月，太宰治先生在玉川上水身故。是和山崎富荣小姐一起投河殉情的。当时八云书店正开始发行18卷《太宰治全集》，我还记得社内弥漫着一股莫名的亢奋情绪。

那之后又过了几个月，在某个夏季的夜晚，我跟井伏老师在阿佐谷的小酒馆边喝酒边聊太宰治。当时情景，我都还依稀记得，仿佛是从远处传来的，断断续续的人声话语一般。

那家小酒馆就在阿佐谷车站北口。其实也不能说是北口，而是在车站阶梯的正下方，因此，天花板是斜的，几乎要碰到头，电车通过时店里就震动得厉害，几乎连话都没法说。不到五平方米的店内一角，勉强有一个可以切菜的料理台。额头宽大、脂粉未施的老板娘，习惯将头发梳成发髻绑在后面，是那种用粗厚嗓音大大咧咧说话的人。有个一岁左右的男孩在地上爬来爬去，要爬去老师那里时，就会被老板娘一手抓回去。

那天晚上，老师穿着白白的浴衣，背后倚着三合板，缓缓挥着团扇。他神情黯然，眼睛注视着远方，仿佛叹息般说道：

"编辑冒雨赶过来，告诉我说，太宰先生的遗体终于找到了。从编辑湿漉漉的身上还闻得到一股臭水沟的味道……"

太宰先生和山崎富荣是在6月15日出的门，虽说在玉川上水的堤坝上找到了小瓶啤酒之类的遗物，却一直找不到尸体。

"据说滑下堤坝时，太宰用力蹬了几下，留下两条木屐刻痕。"说着说着，老师又一叹了口气，"太宰应该不想死吧……"

昔日前往三鹰町下连雀拜访太宰先生的记忆，忽地在我心中扩散，一时感伤，不禁哭了起来。老师默然喝起酒来，对我说：

"你也迷上太宰了是吧！"

我无法向老师坦白几年前到太宰先生家中拜访的事，只是趴在老师盘腿的膝盖上一直哭。我还记得，当时老师的膝盖是多么地牢固可靠啊！

之后，井伏老师写了篇关于太宰治的文章：

"太宰君曾明确表示，他是为了写作而活的。就小说而言，再怎么优秀的小说，都不可能拿到一百分、满分的。然而，说为小说而活的人，却跑去自杀了，这实在是太自以为是了。"——《令人惋惜的人（关于太宰君）》，《新文学》（1948年8月）

　　　　（首刊于《家庭画报》2000年9月，经过大幅修改）

下户之酒

"伊丹万作纪念会"在东京举办时，我首次见到电影导演佐伯清先生。大家都称佐伯先生为"佐伯老哥"或"大哥"。肤色黝黑、个头较小，总是随口答应着"嘿哟、嘿哟（是啊、是啊）"的佐伯先生，与其称他为老哥，不如说他的外表看起来更像是打鱼的老伯。

第一个开始称呼他"老哥"的，是伊丹先生的爱子岳彦（之后的伊丹十三）。

佐伯先生在松山中学举办教学毕业旅行时来到京都，拿着学校老师的介绍函去参观松山中学毕业的学长伊丹万作的拍片现场。据说正是这次参观，促使他踏入电影这一行，这实在是很不可思议。

中学毕业后佐伯先生立刻前往京都，想在伊丹先生手下做事，主动要求拜师。据说，伊丹先生要他试着写写剧本，佐伯先生便租了一间12日元包伙食的房间，从早到晚马不停蹄写着类似剧本的东西，然后请伊丹先生过目。

当时，伊丹先生已经在千惠制片（千惠藏电影制片公司）发布了《国士无双》和《夜袭渡世》等作品，备受瞩目。原本以为他应该没有时间去看新手剧本的，结果，他却把佐伯先生的剧本从头到尾用红笔批注后才还给他。这些剧本愈积愈多之后，有一天伊丹先生对佐伯先生说，想把其中的《渡鸟木曾土产》拍成电影。据说佐伯先生高兴得不得了，并且从千惠制片拿到剧本费用100日元。

伊丹夫人知道之后，就像是自己的事一样开心，还对佐伯先生说："老哥，得把这笔钱的一半寄还给长期以来一直资助你的父亲才行哦。"佐伯先生于是将其中的50日元寄回家。

从这部《渡鸟木曾土产》开始，佐伯先生正式成为伊丹先生的助理导演，他的工作表现获得认可，日后便一直担任伊丹先生所有作品的助理导演。

电影正式开拍后，佐伯先生每天早上都前往伊丹先生家，接过导演椅，回程再把椅子送回来，这是每天的例行公事。其中有个很重要的福利，据说每天早上出现时，夫人必定会对他说："老哥，来吃早饭吧。"佐伯先生便可接受夫人招待，享用丰盛早餐。

那时伊丹先生尚处于新婚期，长男岳彦也刚开始学会走路。佐伯先生经常背着岳彦，逗他玩。

岳彦改名为伊丹十三后，他依旧会拿小时候的事来开玩笑："阿岳这小子，竟然要在我背上尿尿，真是伤脑筋！"十三总是笑着说："又讲这个啊！"回想起来，真是令人怀念。

　　昭和十年（1935）的《出售的忠次》是伊丹先生的首部有声电影，此前发布的默片共有15部。这些作品现在几乎看不到了，实在很可惜。

　　曾听佐伯先生谈起默片时代影片剪辑的事。说是剪辑室里只有导演、助理导演和摄影师三人，这让我十分惊讶。佐伯先生会将拍摄好的底片依照镜头顺序，排列在伊丹先生面前，自己则是手持打上字幕的底片，在旁等候。伊丹先生会将底片罩在电灯上，决定需要的部分，同时跟佐伯先生伸手。佐伯先生会马上将对应位置的，打上字幕的底片交给他。伊丹先生再把那些底片用嘴咬断成适当长度（以前经常如此），交给左手边的摄影师，摄影师再用药剂把画面和字幕黏接起来。这项工作通常都会一鼓作气地通宵作业，据说只要佐伯先生一打瞌睡，就会被伊丹先生叫醒。

　　昭和十三年（1938），伊丹先生跟佐伯先生一起移居东京，执导超级大片《巨人传》。两人都是第一次到东京，也不熟悉东宝的拍摄形式，被迫面对一场恶战苦斗。好不容易等到片子杀青,4月11日,也就是在日本剧场[1]首映当天,伊丹先生带着佐伯先生来到电影院。宽大空阔的场内,观众席上人影稀疏,反应也不是很好。走到场外后,伊丹先生拉着佐伯先生说:"要不要去喝一杯?"于是两人去到附近的居酒屋。据说,两个"下户"[2]在一小盅清酒前,默不作声地呆坐了许久!

每次讲到这段故事,佐伯先生总会在最后笑着这样说:"那种时候,酒当然是不好喝的呀!"

在那之后,伊丹先生的肺部染病,辞了东宝的契约返回京都,从第一线的导演工作退了下来。

或许是受到伊丹先生熏陶的缘故,佐伯先生的行事作风也是相当洁身自好。爱妻过世后,他将自家一楼交给养女夫妇,自己则在二楼自行炊煮三餐,度过余生。即便是自家人,也不愿意给他们添麻烦,或许这就是佐伯先生的坚持吧。

从那时候开始,这么不擅长饮酒的佐伯先生在伊丹先生的忌日等聚会中也开始喝酒,因此大家都说:"老哥也进

---

1 日本剧场原本位于东京都千代田区有乐町,是可容纳四千名观众的大型剧场,于1981年结束营业。
2 指不会喝酒的人。

步了呢。"

我最后一次见到佐伯先生,是和导演小泉尧史三人共进午餐那天。印象中似乎是春天吧,好像也约了他去成城赏樱。"那么下次就在伊丹先生纪念会上见了。"相互道别后,我去买了点东西,正要往巴士站走去时,就遇到了从酒铺走出来的佐伯先生。

佐伯先生腼腆地笑了笑,说:"这个……是晚上要喝的酒啦!"还把他提在手中的小塑料袋往上拎给我看,看起来像是三百毫升装的酒。我便笑着再次和他道别:"嘿!佐伯老哥竟然……"

驼着背、露出凹陷后颈,提着袋子往远处走去……这是我最后一次见到的,佐伯先生的背影。

"多亏跟着伊丹先生这二十年,才让我这五十年都能有口饭吃,实在很不可思议啊!师父如此出色,我却一丁点儿都没学到他的优点,真是后悔得很啊!"回想起说这番话的佐伯先生,我不禁为他的那份敦厚感到心疼。

平成十四年(2002)7月16日晚上,家人打电话告诉我佐伯先生的死讯。在落寞的思绪中,我拿着话筒久久无法自已,仿佛再也听不见四周的声响。

(首刊于《NFC NEWSLETTER》2004年10月)

井伏老师与运动鞋

　　大约三年前,讲谈社[1]的川岛胜先生邀请我一起参加井伏老师他们的甲府[2]之旅;这次旅行之后,我和新潮社[3]的川嶋真仁郎先生也熟稔起来。

　　去年夏天,这两位"川先生"说是要去老师位于长野县高森的家,因此也带我同行。

　　我们到达时,老师身着蓝色浴衣,一副热得不得了的样子,就这么躺在玄关的水泥地横框上。虽然是在家里,却戴着草帽,站起来迎接我们说:"哎呀,欢迎欢迎!"川岛胜先生说:"咦,老师您怎么了? 竟然戴着帽子呢。"川岛先生或许是以为老师在外面绕了一圈,便说:"但是看起来很有精神呢,应该是晒了许久的太阳吧!"老师边笑边说起他

1　讲谈社于1909年创立,为日本大型综合出版集团。
2　日本山梨县甲府市。
3　新潮社于1896年创立,当时名为"新声社",以出版文艺相关书籍闻名。

把家门前的松树树枝砍掉后，附近农民十分感激的事："看来他们一直很困扰呢，我完全不知道啊！还送来了蔬菜说要感谢我呢！"

随后夫人招待我们吃她亲手做的料理，拿酒过来时还一边笑一边透露说，上午其实就有客人来访，老师已经喝了一点酒。川岛胜先生接着说："什么嘛，老师的脸是因为喝了酒才显得红润的啊！我还以为是太阳晒出来的呢！"老师因为这么轻易就骗倒了川岛先生，乐得大声笑起来。

老师告诉我们说，他决定养成走路的习惯，便找出别人送他的计步器，却不知道要怎么使用，因此尚未付诸行动。当时川嶋真仁郎先生立刻把那台计步器挂在腰间，在家里来回走动向老师解释，使用方式其实非常简单。但老师却兴致缺缺，支吾回应，一副提不起劲的样子。

接着，川岛胜先生推荐起自己脚下的运动鞋，说道："老师，怎么样，下次要不要也穿上这东西走走看？真的很轻哟，脚自然就会抬起来。感觉像是飞马一样要飞起来哦！"并在水泥地板上踏步给老师看，想要引起老师兴趣。老师虽然应道"是哦？"，但看起来心里对这东西也不是很感兴趣。

当天晚上，我们在附近旅馆住了一晚，同时决定要买一双运动鞋送给老师，隔天一大早便找到一家鞋店。看了许久，挑到一双以前在运动会等场合拿来写名字用的纯白帆布鞋后，便又往老师家去了。

老师把脚伸出横框，就坐在一寸高的门槛上等我们。川岛胜先生把纯白帆布鞋放在老师脚边，像是要逼他决定一样，相当强势地推荐："老师，要不要试着穿一下？真的很轻松又很方便哦。是我们三人送您的礼物，穿上会感觉好像飞马一样，快要飞起来哦！"老师似乎十分伤脑筋的样子，看了看那双鞋，叹着气说道：

"哎呀，这我不能穿啦！这个太奇怪了。"夫人顾虑我们的感受，便对老师说："好啦好啦，他们都特地去买来了，就试穿一下看看，看能不能穿下嘛！"夫人像是帮小孩子穿鞋一样，抬起老师的一只脚，硬是试着要塞进鞋里好几次。老师始终都不同意，把脚伸向一边，坚决抵抗。夫人一脸抱歉地抬头看着我们，说道："唉，试穿一下又不会怎样……"最终还是放弃了，站起身笑了出来。

接着老师便一副"好了，这件事就到此为止了"的样子，把那双运动鞋分别套在两只手上站起身来，从走廊快步往屋内走去，一边催促着我们说："好了，到这里来喝一杯吧！"川岛胜先生看着老师的背影，轻轻碰了我一下，笑着说："你看老师！"

（中）好了，到这里来喝一杯吧！
（右）你看老师！
（左）哎呀。

井伏老师与运动鞋

老师把运动鞋套在两只手上，一边前后摆动一边走路的样子很是滑稽，我们都觉得真是拿老师没办法。

我们在里屋再次接受招待，酒酣耳热之际，看到整齐并拢摆放在对面梁柱下方的运动鞋，就像是在暗夜之中，摆饰在那里的纯白供神年糕一样。

《红胡子》之后的黑泽明与三船敏郎

　　每次黑泽导演在国外举行记者发布会，就有人追问：

　　"您在《红胡子》之后就没再跟三船合作了，到底发生了什么事？"对于这个问题，黑泽总是一如往常地露出微笑，回复说：

　　"不不，也不是跟三船闹矛盾之类的。只不过，跟三船能够合作的部分，已经全部做完了。已经没有什么能做的了。"

　　《红胡子》完成于1965年。

　　黑泽最后一部作品《袅袅夕阳情》于1993年完成；三船最后出演的则是1995年熊井启导演的《深河》。

　　在这横跨三十年的时间长河里，两人的晚年命运形成了鲜明对照，一明一暗各自发展。

　　我永远无法忘记，在《红胡子》的杀青宴上黑泽对我说的话。他把声音压低，小声说道：

　　"小国（小国英雄）跟我说，三船感觉不大对。"

　　从黑泽脸上能看出，失败之后闪露出来的悔恨表情。

小国先生的意思似乎是，三船并没有正确理解"红胡子"这个角色。

关于"红胡子"这个人物，据说在改编的时候，原作者山本周五郎也曾对黑泽提出过建议："别忘了，红胡子是个内心受过极大创伤的人。"

提出这项建议的山本在看过成品试映后也曾称赞："拍得好！比原作还要出色。"黑泽因而相当开心，不料却因小国先生的一句话，受到莫大打击。在黑泽心中落下的一滴冷水逐渐扩散，浸蚀了黑泽。

在此之前，黑泽为三船拍了16部电影，从不曾对三船的演技有过任何不满。当时有人问他："如果没有三船先生会怎么样？"他是如此地欣赏三船，竟回答说："那我就无法再拍电影了。"

拍摄中，黑泽不曾对三船的演技有过任何要求，几乎不曾以批评的姿态对待过三船。

就算黑泽对三船的演技，能说得上有那么一丁点小小的不满，《红胡子》也是头一遭吧！即便如此，黑泽并没有和三船正面谈这件事，而是看似心事重重地踟蹰不前，似乎是逐渐疏远了三船。

此时，一个意想不到的因素像是病毒般从外部入侵，使黑泽不得不重新调整方向。

留学美国的制片人青柳哲郎先生，带着和美国Avco
Embassy制片公司的合作拍摄计划《逃亡列车》，积极与黑
泽接触、洽谈。

　　青柳哲郎一来不曾接触过黑泽的电影制作，二来就
"美国和黑泽之间居中协调"的角度而言，也经验不足；然
而，也许是欣赏青柳的英文能力以及工作热忱，黑泽很快
就选择完全信任他了。

　　黑泽写的脚本相当有趣（之后由安德烈·康查洛夫斯
基拍成电影），甚至也已经完成勘景，可惜却因为条件谈不
拢而中止合作，从此之后黑泽的前途蒙上了一层阴影。那
是1966年的事。

　　另一方面，同样是在1966年，三船在世田谷盖了三船
制片厂，正式投身电影制作，看来是一帆风顺，志得意满。

　　三船同时进军美国，于1966年出演约翰·弗兰克海
默[1]执导的《霹雳神风》，1968年出演约翰·保曼[2]执导的
《决斗太平洋》。

　　看来黑泽并没有因为《逃亡列车》这部影片的打击，

1　约翰·弗兰克海默（John Frankenheimer，1930—2002），美国导演。代表
　　作《情场浪子》《第二生命》。
2　约翰·保曼（John Boorman，1933—　　），英国导演。代表作《希望与荣
　　耀》《将军》。

认识到制片人青柳哲郎的能力有限，反而继续相信青柳，终于卷入一场无谓的争斗。

1967年到1969年，黑泽就像是燃料用尽的飞机一样，有气无力地持续着迷航状态。

那就是《虎！虎！虎！》事件。

1967年4月28日，二十世纪福克斯电影公司制片人埃尔默·威廉斯在港区芝公园的东京王子大饭店召开日美合拍电影《虎！虎！虎！》的制作发布会。"虎！虎！虎！"是日本偷袭珍珠港一役中使用的暗号。

日方的导演为黑泽明，美方之后决定由理查德·弗莱彻[1]出任导演。拍摄时间较原定计划大幅延迟，至1968年12月3日才开拍。拍摄进行约二十天，其间问题不断，福克斯便以黑泽患有精神官能症为由，解除其导演职务。

福克斯一方面寻找接任黑泽的导演，一方面邀请三船出演主角，也就是司令官山本五十六。

对此，三船开出"导演由黑泽明担任，制作则全部交由三船制片公司"的条件，表示如果福克斯愿意接受，他便

---

1 理查德·弗莱彻（Richard Fleischer，1916—2006），美国导演。代表作《虎！虎！虎！》《海底两万里》。

答应接下山本五十六的演出。

三船肯定是想借这个机会，重新和黑泽搭档，对陷于困境的黑泽伸出援手。

据说三船曾打电话给黑泽，鼓励他说："要不要去打个高尔夫呢？"

然而，福克斯却无法接受三船制片公司的条件。黑泽也无意再接福克斯的任何工作。或许是因为他们深刻体认到，追求理性效率的美式电影制作，和黑泽明作者论风格的电影创作，是水火不容的两套作风。

对于这一事件，三船接受采访时回应说：

"黑泽先生都是采用业余演员，或许这是事情演变至此的原因之一吧！"

媒体大肆报道了他的话，有人认为，这大大触怒了黑泽。三船自己或许也懊悔着，不该多嘴，导致和黑泽渐行渐远。

然而，我认为事实并非如此。那时黑泽正准备忘却一切关于电影的烦心事，以弥平内心创伤。应该是不会有时间去翻报纸看的。

对三船来说，无疑是错过了和黑泽再续前缘、重新合作的千载良机。

但是我认为，即便情势好转，黑泽同样是不会让三船出演山本五十六这个角色的。

原本，黑泽就喜欢纪实风格的临场表演。吊诡的是，作为电影元素的"素材之一"，专业演员的称职演技也就形同于业余演出。

因此拍摄《虎！虎！虎！》时，黑泽挑选了一些经历过战争的社会人士。理所当然地，要协调社会人士的时间并不容易，要疏解业余演员的紧张情绪当然也需要时间，而这对重视效率的好莱坞来说，完全不可行。因此，三船所说的"是原因之一"，也没有错。

在美国电影工业的巨浪中载浮载沉，最终遭到放逐的黑泽，和导演朋友们创立了"四骑会"。开始撰写一些包括电视在内的剧本，重新出发。

1970年，黑泽为了向世人证明自己并非精神异常患者，以低预算制作《电车狂》，拍摄天数也破天荒在短短28天内完成，充分显露其绝佳状态，只可惜票房不如预期。

1971年，黑泽在家中试图自杀未遂，这个消息震惊全世界。

此时，三船正在法国和阿兰·德龙及查尔斯·布朗森[1]合作出演特伦斯·杨[2]执导的《龙虎群英》，一时蔚为

1　查尔斯·布朗森（Charles Bronson，1921—2003），美国动作片演员。
2　特伦斯·杨（Terence Young，1915—1994），英国导演，代表作"007系列"。

话题。

　　但是,此后从1972年到1975年间,三船并未出演任何一部电影。在这空白的四年间,三船到底在做些什么呢?

　　1972年,《电车狂》的制片人松江阳一接到全苏联电影合作公团的一项通知,内容主要关于他们已经准备好要开拍已策划了一段时间的《德尔苏·乌扎拉》,此片将由黑泽明执导。

　　1973年正月,黑泽和松江制片人前往莫斯科。这部影片的制作形态完全是苏联式电影[1],不过,为了不再重蹈日美合作失败的覆辙,松江开出条件后才签约:"在创作上、艺术上,需百分之百遵从黑泽的意愿。"

　　事实上在这个阶段,选角名单中的一个主角是属意三船敏郎的!

　　即那个名为德尔苏·乌扎拉,住在西伯利亚森林里的向导角色。这部电影讲述的是名叫阿尔谢尼耶夫的探险队长和德尔苏之间非常感人的友情故事。由三船来饰演

1　1972年,苏共主导苏联电影产业发展,因而出现了1970年代中期的电影四大题材即战争、政治、生产、道德的创作热潮。此阶段创作被西方称为"苏联电影学派"。

这个赫哲族的向导，无论怎么说，我都觉得很奇怪，问了松江制片人才知道，这似乎是苏联方面的提议。他们可能是以为，黑泽和三船这对搭档如果能够再次合作，在国际上一定会成为热门话题。这事不知道经由什么渠道，似乎也传到了三船那里。后来我听三船本人说，他自费在国外绕了一圈，甚至还调整了自己的行程。

三船多么希望能再度和黑泽共事，已经是不言而喻的事实了。

或许黑泽还是认为，由三船来饰演德尔苏这个土生土长的赫哲族人，实在是太不自然了。据说，最后还是由松江制片人出面，借口说"不可能把三船留在西伯利亚两年半"，让苏联方面打消了念头。

德尔苏这个角色历经波折，最终还是决定由默默无闻的演员马克西姆·蒙祖克担任。

三船不但再度错失良机，甚至虚度了长达四年的时光，不禁令人感到惋惜。

不过这段时间，三船受邀为1973年莫斯科国际电影节担任评审，访苏时再次见到了正好在莫斯科影业准备电影拍摄的黑泽。

隔年，1974年，黑泽对抗着严峻的大自然，最终完成巨作《德尔苏·乌扎拉》的拍摄工作，于1975年春天在莫斯科影业进行最后的剪辑工作。

当时有个名为"电影导演·黑泽明"的电视节目,从日本前去莫斯科采访黑泽,最后三船敏郎来到黑泽的访谈现场。不消说,这是松江制片人为了电影宣传,事先取得黑泽认可的安排。

现在回过头来看这段影片,还是觉得两人之间的对话有些说不上来的尴尬、生疏。

在莫斯科影业片厂门口,三船拿出打火机为黑泽点烟的光景,不知为何不同于以往,像是在宣告永远的别离。

这是两人最后一次在正式场合见面。

《德尔苏·乌扎拉》在这一年先获得莫斯科国际电影节金奖,之后又获得奥斯卡最佳外语片奖。就这样,犹如不死鸟般从谷底爬起来的黑泽,更是荣获了"文化功劳者"表彰[1]。

另一方面,1976年三船只出演了肯·安纳金[2]执导的《纸老虎》,以及杰克·斯迈特[3]执导的《中途岛之战》两部

---

1 日本用于表彰对提升文化发展有显著功绩的人。
2 肯·安纳金(Ken Annakin,1914—2009),英国导演。代表作《野性的呼唤》。
3 杰克·斯迈特(Jack Smight,1925—2003),美国导演。代表作《弗里格的秘密战争》。

电影。

之后三船更缩小了三船制片公司电影制作的规模,接演了京都东映的时代剧、1980年美国电影《一九四一》(史蒂文·斯皮尔伯格)、《仁川!》(特伦斯·杨)、电视电影《幕府将军》,以及1981年的《挑战赛》(约翰·弗兰克海默)等,看起来就像是在国外疗愈内心创伤。

黑泽虽然借由《德尔苏·乌扎拉》成功复活,日本却没有电影公司愿意为他的新作投入大笔资金。

从1976年到1979年,黑泽靠着导演威士忌广告勉强度日。

1979年,黑泽终于和东宝谈妥制作费,开始《影武者》的拍摄工作。从《红胡子》以后,历经14年之久才重返东宝拍摄。

《影武者》在弗朗西斯·科波拉和乔治·卢卡斯两位美国导演的协助下,不但国内票房取得亮眼成绩,还在1980年戛纳国际电影节上荣获金棕榈奖。好运终于找上了黑泽。

在那之后,从1985年的《乱》到1993年的《袅袅夕阳情》,黑泽总共发布了四部作品。海外也举办各种活动赞扬他的成就,晚年的黑泽可以说是一辈子的辛苦获得回报,我想他是十分幸福的。

1989年，三船在熊井启导演的《千利休：本觉坊遗文》中饰演千利休一角。这部电影在威尼斯国际电影节获得银狮奖，据说，三船的演技也大受好评。

千利休是十六世纪末权倾一时的关白[1]丰臣秀吉的茶道老师，备受礼遇，是相当知名并具备深厚学养的茶道大师。如此受到重用的千利休不知为何突然遭到秀吉放逐，并命令他切腹，于1591年死去，享寿七十岁。

黑泽不是如同秀吉那样的暴君，两者情况并不相仿，但饰演千利休的三船在坚毅的表情中露出一抹落寞神情时，感觉就像是流露了自己的心境：搞不清楚黑泽真正的想法，不知道为何会突然遭到黑泽的冷淡对待。

在那之后三船身体状况恶化，外貌也跟着衰老。不过，据说他实在是太喜欢拍戏现场了，即便只有一个镜头，也不顾医生劝诫，积极参与演出。

黑泽和三船最后一次见面，是在黑泽的好友本多猪四郎[2]导演（1993年2月28日过世）的葬礼上。

在出席的亲朋好友当中，黑泽发现三船勉强站起来的

---

1 关白是日本古官名，为辅佐天皇的大臣。
2 本多猪四郎（1911—1993），著名特摄电影导演，曾为黑泽明在东宝制片厂的助手。1954年执导的《哥斯拉》成为日本影史具代表性的影片。

幽魂般的身躯，主动走了过去。后来我听到的说法是，黑泽说："还好吗？别太勉强了。"三船则回答："没问题。"这就是他们最后的对话。

1995年，黑泽在京都旅馆撰写电影剧本时，不慎跌倒后骨折，终究没再能回到拍摄现场。

同样是1995年，三船挤出最后一点力气出演熊井启执导的《深河》。他饰演卧病在床的前日本兵，也不能说有什么不自然的地方。然而，费尽力气好不容易才从嘴里挤出一点台词的三船，着实让人心疼。据说，此时他的内脏功能已经严重受到侵蚀。

以下是我前往黑泽先生家中探望时的事。

我告诉坐轮椅来到客厅的黑泽先生，三船先生健康状况不佳。

黑泽先生沉默片刻，然后如眺望远方似的对我说：

"三船的表现真的很棒。如果再见到三船，我真想这么称赞他。"

三船先生该多么渴望听到这句话啊！

然而，这句话并没有传到他耳里，1997年12月24日，三船敏郎以七十七岁高龄结束了波澜万丈的生涯。

九个月后的1998年9月6日，伟大的电影导演黑泽明的死讯传遍世界，宣告了一个时代的结束。他享寿八十八岁。

（首刊于英语版《等云到》

Waiting on the Weather，2006年12月）

《寂静的生活》[1] 片场见闻

　　"今天邀请了大江健三郎先生一家过来，所以确定是在棚内拍摄。"由于制片玉置泰先生这么嘱咐，我急忙赶往位于调布的日活制片厂。那天是7月21号，拍摄作业终于接近尾声了。

　　拉开搭景棚不大却有些沉重的门，弓身走入棚内后，有趣的是立刻就能感受到每个剧组独特的气氛。譬如说，沟口剧组向来是精神紧绷到寂静无声的地步；黑泽剧组则是彼此大声吆喝，简直是渔获市场才看得到的场景。至于伊丹剧组，不知道是不是来了访客的关系，显得和乐融融，进入其中仿佛是打扰到别人全家用餐的感觉。

　　一如既往，伊丹导演一边盯着监视器，一边对摄影师前田米造先生说："来，我们测试一次看看吧！"而在伊丹

1　《寂静的生活》改编自诺贝尔文学奖得主大江健三郎同名半自传作品，电影中的角色伊祐正就是大江之子大江光，大江光也为此部电影配乐。

参観日の父兄のような大江さん。

はっはっは
と、余裕を見せる
伊丹監督.

（左）像是家长参观日的父兄般的大江先生。
（右）看起来气定神闲的伊丹导演。

导演身后，并肩紧挨着坐在一起的三位不是别人，正是大江健三郎先生、缘夫人以及他们的爱子大江光先生。换作一般人，身后站着诺贝尔文学奖得主/作家本尊在现场看着自己的话，肯定会紧张到不行吧！或许因为他们是亲戚，伊丹导演一副气定神闲的样子（表面上看起来）。相较之下，大江一行人就像是学校里家长参观日当天，站在教室后方参观的一群家长，显得面色凝重，怎么看都不协调。

正在拍摄中的场景是全家齐聚在客厅里，父母准备出发去澳洲旅行的前一天。爸爸正看着报纸。先天脑部受损的长子伊祐，整个趴在地板上专注作曲。次男小欧要出门去补习班上课。爸爸看见伊祐的身体不由自主地扭动着，便说需要做些运动让伊祐发泄身上的精力，一边说着"生殖器竟然变大了呢"一边将他带去洗手间。妹妹小玛拿起报纸一看，标题竟然是"森林学校的女学生遭到袭击""智力障碍青年"。小玛因而感到震惊。导演决定用一个镜头来拍这个场景。这一段里，"性"相关字眼被当作自然现象的一部分，融入家庭日常对话之中，令人感到不可思议。以前大江先生开始发表作品的时候，在小说中用"セクス"（即 sex，意指性）这个词来描述，是相当有启发性的，令人由衷感到佩服，觉得就是应该用上这样的词才是正确的做法。

拍片现场反复试拍了几次，每次都要演练"演员走位与镜头移动的配合方式"，调整画面大小尺寸。这期间，伊丹先生不时转过身来和大江一家人闲话家常。虽说只是闲聊，我在一旁也是听得津津有味。

大江先生指出，拍电影就是像这样反复重来、修正，一点一滴加工之后才逐渐成形，与文章写作的过程十分类似。从汉字的使用方式乃至假名的标注，也是字斟句酌，不断推敲的结果，一点一滴逐渐成形的过程都是一样的。

伊丹先生一直注视着大江光先生，似乎要问他有什么感想。

大江光先生害羞地吐出几个字："那个啊，那个……"伊丹先生很开心地笑着说："是呀，哈哈哈！"后来才听说，大江光先生要讲的是关于伊祐的事："其实，那就是我啦！"

正式拍摄时也NG了好几次，终于听见导演喊出"好了，OK！OK！"的声音，接着对摄影师前田先生说："拍得好！"对方也露出笑容，并且比出OK的手势回应。大江先生也跟着拍手叫好。或许是对剧组人员的辛劳表示感谢吧，伊丹先生大喝一声："接下来，把这边的墙壁搭起来！"现场立刻陷入一阵骚动，忙着更换舞台布景。另一边的搭景被推过来当背景，马上要在这里举行记者发布会。

记者会上，话题围绕着大江先生和伊丹先生当年在松山东高读书的事。

伊丹先生说到他们"把书桌并在一起两人合作创作四行诗"，还有"他写完两行之后，我再接着写两行，大江先生将之称为四行诗派对"。

有没有让我们联想到同样才华横溢的两位少年？昔日严父伊丹万作和伊藤大辅就读松山中学时，同样是把书桌并在一起，伊藤先生负责写故事，伊丹先生负责画插图，连载作品在同学之间广为传阅。

不消说，《寂静的生活》是伊丹系列作品中，第一部由原著改编的作品。

"搞不好，我比较适合拍改编电影，哈！"伊丹先生开玩笑一般说道，"相信我已经无损原著之美，改编出好电影了。"

开完记者会后，大江先生拿出预先准备好的签名书，挨个赠送给片中主要演员，以及摄影师前田先生。大江先生不只是签名而已，有的还附上三好达治的诗，充分展露大江先生细腻用心的作风。

提到山崎努先生，大江先生说："比我本人还有威严，了不起。"接着又说，"实物比电影还棒的部分，只有书架。看来看去还是我们家的书架最棒！"所有人都开心地笑了。

当天特别准备好剪辑过的三十分钟毛片让大江先生过目。试映后，听说大江先生留下这样的感想："情节紧凑，具有紧张感，我认为拍得很棒！"便打道回府了。

我也跟工作人员一起观看了新版的毛片。

对于渡部笃郎[1]先生能够淋漓尽致地诠释智力障碍者伊祐这么一个高难度角色，甚至内化成他自己的个性，我只能深感佩服。还有饰演小玛的佐伯日菜子[2]小姐，也表现得很出色。她全心全意爱护哥哥，个性坚强得可爱。

向导演问起渡部先生，他说："渡部君第一次进房间来时，看到他的眼神我就知道，让他来演应该可以搞定。"

"电影与小说不一样的是，即使伊祐不说话，只要镜头持续在拍，他就一直在那里。如果能够让观众和这么可爱纯真的人物一起度过短暂的两个钟头，那我就心满意足了。"

说到伊丹十三，不知为何不大受评论家大人们的欢迎（看起来）。当然啦，青菜萝卜各有所爱，个人偏好本来就无可避免，有人说他太强势，也有人说他冗长乏味。有些

---

1 渡部笃郎（1968—　），演员。因出演《寂静的生活》伊祐一角，荣获日本电影金像奖最佳新人奖。
2 佐伯日菜子（1977—　），演员。因出演电影《每天都是暑假》荣获日本电影金像奖最佳新人奖。

镜头是比较冗长乏味，尤其欢爱场景一律很冗长，和严父伊丹万作的风格简直是南辕北辙，令人完全无法理解，基因到底是怎么发挥作用的。

但是伊丹先生的精力非常旺盛，容不下任何细小的杂质，只要拍摄结果不尽理想，不管重来几次，他都要坚持拍到好为止，即便只有一两秒的镜头，也都全力以赴。剪辑时也一样，目不斜视埋头苦干（的样子），实在是很了不起的专注力。

"这次尽可能在一次运镜里延长时间，不想把镜头切得太零碎。整体中的很多地方再穿插进时间短一点的镜头，大概是这样。先拍下来，以能够接受、忍耐的长度为原则。所以，和以前的拍法不一样。这是一部令人感到不可思议的电影，或许这也是年纪大了之后的体悟吧。"

确实，伊丹导演已过了还历之年[1]，或许是到了拓展新境界的年纪。就此而言，《寂静的生活》是令人期待的。

（首刊于《电影旬报》1995年9月下旬号）

1　还历之年指六十岁。六十岁为一甲子，又称一轮，也是新一轮重新算起的时候，故称"还历"。

探访《黄昏清兵卫》的拍片现场

一

岚山电车帷子十字路站前的马路，如今依旧叫作"大映路"[1]，不过大映片厂的原址现在成了中学和现代建筑耸立的住宅公寓；五十年前拍《罗生门》时我所熟悉的街景，早已烟消云散，如今只有东映和松竹，依然坚守着堡垒。

一听到山田洋次导演初次执导的时代剧《黄昏清兵卫》正在松竹片厂拍摄，我就期待能一睹为快，立即启程赶往京都拜访。

那天是4月24日，适逢休拍，山田导演站在开放式搭

---

[1] 1926年起，大映路岚山电车一带为日本五大电影公司片场聚集地；黑泽明在大映片场拍摄的《罗生门》获第12届威尼斯电影节金狮奖，隔年又获第24届奥斯卡荣誉奖（现最佳外语片奖）后，周遭的商店街便以大映路命名纪念。

景前不知道在和谁交谈,据说,工作人员正在看毛片,完全是一幅忙里偷闲的画面。

为了接下来要拍摄的高潮武打戏,山田先生看起来似乎伤透了脑筋,不时拿起武士刀在空中试着比画两下——也许应该说,他老人家玩得正开心呢。

剧本巧妙融合了藤泽周平的三个短篇小说《黄昏清兵卫》《竹光始末》和《叫花子助八》,塑造出井口清兵卫这个新角色。丧妻的清兵卫为了养活年迈痴呆的老母以及稚龄幼女,每天黄昏时刻下岗的太鼓声一响起,他就必须赶回家,努力做些手工活儿。同事们背地里嘲笑他,称他"黄昏清兵卫"。

然而,他剑术高超,因而获得藩主青睐,命令他讨伐叛逃武士余吾善右卫门。一个年俸仅仅五十石的下级武士是不容许违抗藩主命令的,只能奋力搏命,守护家人。清兵卫想对心上人表明心迹(一直以来,他不曾向对方开过口)之后,再行赴命一决生死。清兵卫为人直率、行事坦荡,光是读剧本,就叫人感动到落泪。

据说,山田先生是在五六年前开始考虑把这个故事拍成电影的。那时我们刚好在拍摄《雨停了》(小泉尧史导演,黑泽明改编剧本),山田先生来到东宝片厂参观拍摄,和负责美术的村木与四郎先生、负责服装的黑泽和子小姐多方讨论、研究。

从那之后，又过了四年，总算熬到了现在。险峻山路也看得见顶峰了，想必导演和剧组人员都很辛苦吧！然而，站在峰顶那一刻，眼下必定是一望无际的美丽景色。

饰演井口清兵卫的是真田广之[1]，饰演决斗对手余吾善右卫门的，是前卫舞踏[2]家田中泯，非常有趣的选角安排。

田中泯先生1945年生于东京，大学时代开始学习现代芭蕾，1981年组成"舞塾"舞踏团。在世界各国巡回公演，荣获多项国际大奖，表现耀眼。

山田先生一边说："余吾丧命的时候，我希望他能以田中的方式倒下去。很有意思吧，像这样，很奇怪的死法也是有的。"自己一边比出游泳的姿势，跟跄倒地，"哈哈哈"地似乎笑得很开心。

接着，田中先生身着和式便服出现了。山田先生仔细确认，把便服解开一些，说道："这样叉开两腿用力站住的话会有什么效果？"

---

1 真田广之（1960— ），知名演员、歌手。
2 舞踏是现代舞的一种，为反抗正统舞蹈的前卫表演艺术，特色为舞者裸体、全身涂抹白粉、扭曲肢体的表演形式。

黑泽导演看特吕弗的电影《日以作夜》时，曾笑着对我说："天底下的导演都是一样的。"还补充说，"拍电影就像日复一日一张一张去翻薄薄的纸片，每天就这么一张。这是需要耐心和毅力的工作。"

山田先生也是一样的吧！今晚可能又是待在旅馆，将剧本摊开，继续烦恼着到底该这样拍还是那样拍。

二

5月7日下午，负责宣传的并木明子小姐走在前面，带我来到一片漆黑的搭景棚内参观。等到眼睛终于适应过来，只见玄关的地上堆满了鞋子，从以前到现在，不管哪里的搭景棚都是如此光景。我悄悄走到摄像机后方，就有人让出位置给我，一看，正在试拍的是坐在围炉旁饮酒的余吾，和坐在门框上的清兵卫交谈的场景。

余吾："内人辛苦了一辈子，最后病死在旅途中。"

清兵卫："真是令人遗憾。"

简直无法相信，田中先生是第一次演电影，太厉害了，轻描淡写几句话，却是架势十足。低沉通透的声音，让人联想到《姿三四郎》[1]里的月形龙之介先生。后来问过导演才知道，他果然是预先演练过很多遍了，但，还是很了不起。

相较于黑泽团队的嘈杂喧闹，山田团队的拍片现场明显安静许多，只听见灯光师中冈源权先生铿锵有力的声音，那是电影人的声音。

"如何？可以吗？行得通吧，看看墙壁，亮度够了吧！"

中冈先生在拍摄《罗生门》时担任助手，表现非常优秀。因为是昔日战友，到现在我还是习惯叫他"小源"，不然也是失礼了。

余吾一边喝酒，一边对清兵卫发泄心中愤懑："一直以来，我都奉公守法、尽忠自持，为何会遭受如此待遇？为何非要我切腹不可？"

山田导演在摄像机旁对田中先生说："当你说'我到底错在哪里！'的时候，可以做出拍打膝盖的动作吗？要说'我到底错在哪里！'"并且拍打了自己的膝盖给田中先生看，"然后，盘腿坐着的时候，我要你从和服里忽地伸出脚来……"导演一边看着负责服装的工作人员，一边说，"脚

---

1 原著为富田常雄（1904—1967）的同名小说，1943年由黑泽明翻拍成同名电影。

没办法伸出来，是吗？要很利落，我希望观众能看见你的脚。"经过各种尝试，最后是在镜头不穿帮的前提下，选择将和服衣摆绑了起来，算是解决了一件事。

余吾跟清兵卫表明："我要逃。"并拜托他，"放我一马！"清兵卫也想放他走。

"我受命来这里，不是为了答应你的非分要求的。"

忠实呈现方言，是山田先生的剧本魅力之一，此处亦然。原作者藤泽周平的故乡，山形县庄内地方的方言，让整个戏的味道彻底发酵。藤泽本人似乎也有过抱着小孩找工作，和清兵卫类似的生活体验。

余吾改变语气，亲切询问清兵卫。

"听说嫂夫人是因为肺病病故的，确是如此？"

"是的，您所知甚详。"

"傍晚一到就会开始发烧，是吧？"

此时，山田先生想到新点子。

"说到'就会开始发烧'的时候，用手来指指看，对，就是这样。"他盯着摄像机镜头继续说。

"那个，老六先生（负责摄影的长沼六男先生），余吾背对镜头的画面太多啦！动作要让他面向镜头，不然……"就像这样问题接连出现。

另一方面，田中先生也很辛苦，像是盘腿的时候要伸出脚，还要记得拍膝，提到"就会开始发烧"时，也不能忘了伸出手指比一下，再把身体朝镜头方向转过去。

深深觉得，电影演员实在不容易。首先要注意镜头，要留意以厘米来计算的相关位置，还有动作的速度、台词的清晰发音等等，限制非常严格。这些都做到之后，还有最重要的，要确保把感情融入角色。

"那么，可以正式开拍了吧。"山田导演说。

长沼先生一边盯着摄像机，一边说："围炉内的烟，要跟之前一样冒出来哦！"负责小道具的先生，从刚才就一直忙着升火，却未能达到预期效果。

"拜托不要给我那种蚊香似的烟好吗？"长沼先生的声音，显得焦虑、急躁了起来。

"整个都要冒出烟来，这样才对吧？那样很奇怪哦！"

负责小道具的先生，一头钻进围炉里拼命扇风。长沼先生口中念着"奇了怪了"，忍不住跑过去翻搅一下围炉里的灰烬。

山田导演始终在一旁安静等候，一副无可奈何的样子，因为，之前的镜头也是一样，只冒出了一点烟。好不容易调整好演员走位，准备就绪，似乎可以正式开拍之际，竟还出现这个问题！心里一定焦虑、烦恼着"又回到原点了"，但山田导演却一副沉静无声的样子。

脚がぬっと見え
たいんですがね…

我要你忽地伸出脚来……

换作个性急躁的黑泽先生,就绝对不是这个样子了!"怎么到现在还在弄这个!不需要我一个一个讲,也该明白吧!演员们都要被整惨了!赶快弄,赶快!"肯定像这样骂声不断。或许山田先生内心也这么想,但他是忍耐型的人,一直耐着性子,因为,也不是大骂个几声之后,就会顺利冒出烟来的。

好不容易,冒出了像是烟的东西,满身大汗的小道具先生暂时退场。

"确定可以了吗?正式来吧!"终于,山田先生轻声开口指示,拍摄工作正式开始。结果田中先生似乎忘了拍打膝盖,幸好听到山田先生喊了一声"O——K!",现场焦虑不安的紧张气氛才舒缓下来。

拍完一个镜头之后,田中先生坐在搭景棚角落里抽烟。看起来很享受的样子。

"拍电影呢,除了表演之外,还有各方面大大小小的限制,是不是很辛苦?"我试着问道,只见田中先生笑着对我说:

"没有没有,每天都有趣得不得了。我并不想成为一个只为了艺术而工作的艺术家。这就像是回到了自己的根据地。"

田中先生的脚相当强壮有力,尤其是小腿肌肉异常结实。"这是几十年舞踏表演练就的。"田中先生感慨甚深地看着自己的脚这么表示。

或许是因为山田先生相当重视演员的表演，他会依照剧本顺序逐一拍戏。虽然有所谓"跳拍"，也就是忽略中间戏份、集中拍摄同一个摄影角度或场景的"快速拍法"，但山田先生就算知道也不会这么干。

山田先生正在跟长沼先生等人讨论明大摄像机的位置，说今天还要看毛片，于是我就先告辞了。

三

5月8日早上，进入搭景棚之前，我先到服装间看了一下。负责服装设计的黑泽和子小姐能一个人独自在松竹电影人员、山田团队中工作，想来是从小受到父亲黑泽导演教导，做旧服装的能力获得了肯定吧！

服装间里，脏污的和服就像在跳蚤市场一样，挂满了两边，可以闻到一股类似酱油的独特味道。在里面工作的和子小姐回过头来，将大口罩拉到下巴处，爽朗地笑着说："都在弄这个啦，积了超多灰尘。"

化妆间里,真田先生和田中先生并坐在镜子前,正在上粉底。我问真田先生:"对演员来说,这样的剧本挑战性十足,很有趣吧?"真田兴致勃勃地回答:"幕末农民出身的平凡武士,这太棒了! 这不是英雄的角色,对我来说,重点是如何用简单的方式来呈现。我想用比较平实的演技来诠释这个角色。"

　　进入搭景棚内一看,摄像机已经对准佛坛,灯光也已经打好了。山田先生占据摄像机旁的位置,也不知道是在对谁发号施令:

　　"昏暗之中能看见牌位和骨灰罐就行了……看起来不能太豪华。啊,再一点……可以了。江户时代的牌位,不知道是不是这个样子的……呃,已经很努力地做出来了。"

　　余吾在摄像机一旁待命。

　　为了让田中先生能够抓住昨天的感觉,录音师将带子倒回去给他听。非常仔细、用心。因为,这场戏要从那里开始接。余吾进入镜头,说着"十六岁……",接着"叮"地敲了一下铃铛。

　　"犹若花朵,在花蕾盛开的时候就枯死,只剩下皮包骨!"手上捧着女儿的骨灰罐,穿过镜头,然后走出画面。

　　长沼先生提出:"要让观众能看到骨灰罐。"以及"穿过镜头前的时候,拜托速度要再加快一点点"之类的要求。山田先生探出身子，不断交代，要田中先生传达出余吾的心境，要他想办法带入情绪，让自己彻底成为余吾。

"'十六岁'要带上哀伤的语气。'在花蕾盛开的时候'可以加入'纤瘦'的字眼吗？请试着揣摩一下那样的画面……想象一下美丽女儿变成一副骨骸的画面……将瘦得只剩下皮包骨的女儿抱起来，似乎还听得见骨头咔嚓咔嚓的响声……有没有？"

一直到摄像机启动前一秒，山田先生都持续对演员施展着魔法。仿佛是要将生命吹入匹诺曹小木偶的躯壳一样。

"可以了吗？现在正式来……因为这是一个哀伤的故事……是很哀伤很哀伤的事……说到'十六岁'的时候要充满感慨……好！想象一下抱着纤瘦女儿的感觉……开始了，很好！开拍！"

仿佛是相扑场上的对阵。一直要撑到最后："只能一个镜头一个镜头祈祷。希望无论如何，都要顺利！"山田先生这么说。

这是拍了46部《寅次郎的故事》的资深导演，手执导筒的日子长达41年，这部电影已经是第77部——专家中的专家。

如此资深的山田先生，至今依然像是新导演拍处女作一样，专注、认真地要将生命吹入每一个镜头，着实令人感动。

中午山田先生邀请我和宣传部，以及《电影旬报》的前野先生等人，一起去了一家叫作"莒屋"的乌冬面店。山田先生说了句"你好"，便熟门熟路地从狭窄后门进到店的最里面。有点像是"葛饰柴又"[1]那一区的小店，与其说是和式包厢，不如说像家里的房间一样，角落里还堆放着类似孩童书包的东西。果然像是山田先生会喜欢的，能够让人心思沉淀下来的小店。

穿着围裙的阿姨来为我们点菜，大家分别点了蔬菜盖饭、炸牡蛎乌冬面等。虽说人家请客还这样说或许有点失礼，但全部只要五六百日元，是经济实惠的选择。

等待蔬菜盖饭的时候，我还问了山田先生关于山口高校时代的往事。

看到山田先生的开心笑容，我不禁联想到，像这种"工作以外"的休息时间，一定只有短暂的一刻吧。

1　日本东京葛饰区的柴又帝释天参道前商店街，有日本下町庶民风情，因系列电影《寅次郎的故事》在此地拍摄而出名。

四

原著之一，藤泽周平的《竹光始末》里有这么一段。
（原著里的丹十郎，在电影里变成了清兵卫。）

       "最终是卖掉太刀，结清旅宿费用了。阁下是一个人吗？"

       "是的。"

       "真是令人羡慕，成家之后可就辛苦了。瞧，刀鞘里其实是竹刀。"

       丹十郎抽出太刀刀柄，让对方看见些许刀身。然而，对丹十郎的感叹，余吾不发一语。

       丹十郎惊讶地抬起头，眼中看到的，竟是余吾善右卫门窃笑到扭曲的面容。余吾的眼睛直盯着竹刀。

       "既然如此，那情况就不同了！"

       身形高大的余吾纵身一跃而起，手握着太刀。

       （摘自新潮文库）

剧本在此处描写得不太一样。

决斗即将开始！

清兵卫："……（前略）终究是把象征武士魂的太刀卖了。"

原本有气无力的余吾，眼中闪现锐利目光。清兵卫浑然未觉地继续往下说。

清兵卫："尽管舍不得，那是家父传授的一把好刀，不过我想，刀剑的时代已经过去了——这是把竹刀，让阁下见笑了。"

将放置一旁的太刀，拔出一点给对方看。

清兵卫苦笑着回头望向余吾，余吾则是怒气冲冲地瞪着清兵卫。

余吾："阁下想用竹刀杀我吗？真是有趣的家伙！"

原著中打着"既然如此，那情况就不同了"的卑鄙盘算、突然显露杀意的余吾，在剧本里，变成了受到侮辱之后盛怒之下拔刀说出"太不把我放在眼里了吧"的高傲武士余吾，这正是山田先生想要表现的重点。我认为，山田先生不仅对余吾善右卫门这个人深深同情，对余吾这个角色也投射了相当情感。

无论如何，原本一直声称"打算逃走"，哀求对方"放我一马"的余吾，突然激愤起来，情势一百八十度转变，非常有意思。

扮演清兵卫的真田广之则说:"这是整场戏的亮点啊!锣响!开战!就是这样的画面。"说得真好!

一开始,在看到竹刀前,余吾对清兵卫的处境还表示同情:"家中有病人和小孩要照顾,光靠五十石的俸禄根本不够吧!"他是会从骨灰罐里抓起女儿骨灰,令人鼻酸地放进嘴里咀嚼的汉子。

据了解,骨灰罐里放的不是骨灰,而是负责小道具的人事先放进去的白色葡萄糖。山田先生曾向饰演余吾的田中泯先生请教,爱女心切到吃下她的骨灰,会显得很奇怪吗?据说田中先生竟然回答,其实他自己也曾经吃过弟弟的骨灰。田中先生真令人感到不可思议。

清兵卫自陈太刀已经卖掉时,余吾眼中闪现严厉目光,山田先生想要强调这部分。负责灯光的中冈源权先生双目紧盯镜头来打光。摄影师长沼六男先生提议,如果余吾先生拿着骨灰罐的动作在中途停下来,或许更容易让人明白他的转变。然而,这动作出乎意料地困难。田中先生先是试着使劲挥舞,再突然停下来,接着尝试将罐子抬到一半时停止动作。这中间还得配合"已经把太刀卖了"的台词,要在哪里停止动作,时间点也很微妙。

摄像机旁的山田先生和长沼先生也是,把自己当作余吾,比手画脚地动着脑筋。

总算要正式开拍了，山田先生宛如祷告文的声音，再一次像电波一样连续发出："可以了吗？好！……要做出'什么用意？'的表情。'竟然不把本山人放在眼里'的心情……没错！……愤怒一直加温，控制一下哀伤……很好！……在黑暗中露出情绪骇人的目光……可以吗？好！开拍！"

　　摄像机启动了。希望能顺利。众人屏息以待。

　　"好了！搞定。"山田先生一声令下，大家都松了一口气。山田导演似乎不太会在正式拍摄时要求演员重来。或许他认为，头一次拍摄往往是最精彩的。

　　黑泽导演也经常这么说："重拍好几次的结果，往往还是头一次拍摄的效果最好。"也许是因为，演员和剧组人员都全力以赴了。又或许是因为，第二次重拍之后各种要求相继出笼，想要修正的念头反而形成阻碍。

　　不过，直到开拍前一刻，山田先生仍是锲而不舍地奋战，就像是绞尽脑汁努力到收考卷的最后一刻。

　　有时候我刚好站在旁边，他就会征询我的意见："真是有趣的家伙！想用竹刀杀我吗？……想用竹刀杀我吗？真是有趣的家伙！……到底哪个好呢？"我就大胆回答："我觉得后面那个讲法比较好。"

　　类似这种"句子的前后顺序"问题，有时候甚至连一个介词、一个单字,也不轻易放过。这种严谨的态度,和许多知名剧作家如出一辙。

明天就是令人期待的压轴戏,真田先生所说的:"锣响!开战!"

五

5月9日,从这一幕开始拍摄:余吾跳进后头房间,手握武士刀忽然杀向清兵卫。

山田导演正和长沼摄影师讨论着要怎么拍这一段。武士刀要不要往上举,应该在哪个位置拔刀、在哪个位置使出第一招,清兵卫在瞬间要怎么接招等等。

武术指导久世浩先生在黑泽剧组也是资深的熟面孔,终于轮到他上场了。

"这样子拔刀,然后啪一声!再来啪、啪,挥出去。"使劲示范余吾的第一招。

怎么说真田广之先生都是在JAC(日本武打俱乐部)训练过的职业级高手,一副尽管放马过来的样子:

"我就这样接招,你尽管放心砍下来吧!"接着跟替代余吾的久世先生两个人,打得刀光剑影、铿锵作响。

此时,田中泯先生表示,自己在舞踏方面虽然是世界级的,但拎起武士刀拍动作片,还是生平头一遭。

要做到像久世先生所说的:"右脚往前踏出,啪一声!对、对! 这时候,左脚也要跟着过来。"而且是一次就要完全记住,还真不是普通的难啊!

山田先生则是跟我说:"像余吾这样的高手,要去想象他一剑就能让空中飞燕落地。"

刚刚一直在看剧本的山田先生,则是对着空中喃喃自语,几乎是个人独白:"从这边开始音乐要进来。来一段安息曲也就是……安魂曲。神啊宽恕我们吧,变成野兽互相厮杀的两个人……"录音师岸田和美先生,一定是忙着注记在剧本里头吧! 当导演的,拍戏的同时,似乎也得去思考配乐的效果。

这时候,山田先生突然回过神来,询问中冈先生:

"应该是明、暗对立的世界呀! 这里不打侧光吗?"

"已经打了哦!"阿源大声回答。

从纸窗斜射进来的一道光线,照亮了阴暗的玄关。

美术部门的敏锐感性,让搭景的每个细节都呈现细腻质感。

话说回来,仍不见山田剧组使用轨道。我心想,现在不是该轮到轨道车组送推轨上场了吗,结果也没看到任何动作,只好询问长沼先生,结果他手指某处回答说:"不需要啊,用那个就好了!"

我转头望去,是那个! 手持摄像机稳定器。

手持摄像机稳定器是指耐震效果极佳的小型阿莱摄像机(Arriflex,阿莱弗莱克斯)。它的防震效果在三十多年前,就被视为直升机空拍的法宝。简单地说,就好比荞麦面外送的摩托车无论怎么狂飙,行李箱内激烈晃动的碗装汤汁一滴也不会溢出来。我觉得两者的设计是一样的。

像是奥林匹克运动会,或者足球比赛之类的场合,为了捕捉选手们快速移动的画面,手持摄像机稳定器已经成为不可或缺的摄影器材。

但是,这种摄像机真的很重! 听说重达四十公斤。我不禁叫出声来:"操作它很辛苦啊!"朝长沼先生望去,他挥了挥手笑说:

"很轻松的,轻松啦! 因为,根本不需要我来操作。"想来他说的也没错。因为,能一次扛起四十公斤器材跑来跑去的人,据说在日本也是屈指能数啊!

负责操作的工作人员叫作金子雪生。虽然这样说很失礼,他本人跟"雪生"这名字大相径庭,有着如朝青龙[1]般

---

1 朝青龙,蒙古国乌兰巴托人,日本相扑选手。

種も仕掛けもあるものですから。

原来是有机关的。

壮硕魁梧的体魄,一身黑的打扮,震撼力十足。

金子先生"哟!"的一声抓起手持摄像机稳定器顶在腹部,接着将背带固定在肩膀和上半身。连金子先生如此稳固的双脚,都还能看到些微颤动!

长沼先生则坐在监视器正前方远程操控,说轻松也的确是很轻松,但也被迫要忍住"想亲自上场"的冲动吧!

"金子先生,再往下一些,往下,再往下,怎么了?"

说着说着扭动了一下身体。金子先生那儿也有小屏幕,应该看得很清楚,但是在狭窄的小房间里扛着四十公斤装备跑,想必是没办法操控自如的。

而且,今天还有个亟待解决的难题。

余吾一刀挥下,划开了清兵卫的衣袖,鲜血从手臂飞溅而出,剧情是这样安排的。说来容易,执行起来难度颇高,负责服装和小道具的人,也为此伤透了脑筋。利用歌舞伎里的"抽线"快速变装,真田先生闪身的同时还要自己拉线,让衣袖裂开一道口子,就看得到手臂上的鲜血了,剧本是这么设定的。对真田先生来说,这简直就是看家本领,反而雀跃地拍胸保证:"包在我身上。"

在搭景棚后方,服装以及小道具、化妆、助导约五人围绕着真田先生。要在衣袖里装上可以抽的线;要缝上足以让衣袖啪一声就开口的铅片;要涂上血块,这样袖口裂开的时候才可以看到手臂上的血；如此这般，大家手跟手交叉缠绕在一起，忙得不可开交。光是这一番折腾，就足足花了三十分钟。

没办法，搭景棚过于狭小，工作人员几无容身空间。山田先生、长沼先生，以及武术指导久世先生等人则是站在监视器前，探出头专注地盯着。

由于监视器是黑白的，总觉得像是在看默片时代的武打片，像我这样的闲杂人等都很识相地退到后面，只能通过声音判断结果，紧张到手心直冒汗。

助导一边向真田确认动作顺序，一边说："好的，请开始。最后一条试拍拜托了！"接着纷纷传出"不知道会不会顺利呢？""试着转一下看看。""正式拍来看看咯！""金子先生那边，可以了吗？"之类的讨论，现场气氛顿时大为紧张。

"好——开拍！"山田先生的声音出来了，场记板的声音，咿呀——！哒——！嘟嗒嘟嗒！各种声音此起彼落，直到导演喊"卡"之后，相关工作人员接连表示意见："看不太到啊！""看不到吗？""衣袖裂开的部分看不出来。""可能是抽线的力道不够。"

平日安静无声的山田剧组，唯有在此刻人声鼎沸。真田先生手挽着裂开的衣袖，从工作人员当中走出来，信心满满地表示:"没问题,下次会很顺利的!"随后走向搭景棚后方,紧追其后的是服装部负责修改的工作人员。

啊,接下来要再花上三十分钟。

虽然一心挂念着好不容易渐入佳境的拍片现场,我怕赶不上新干线,只好心不甘情不愿地离开搭景棚。

接着,等衣袖修改完成之后,山田先生想必又会像是祷告似的,一个镜头接着一个镜头一直拍下去。已经好久不曾体会片厂的喧闹和紧张感了,仿佛驻足在从前住过的屋子门前一样,真令人怀念啊!

坐在出租车里,我一边回味着刚才的情景,一边往京都车站赶去。

（首刊于《电影旬报》2002年9月上/下旬号）

为了《火车三段程》造访导演阿巴斯的家

　　阿巴斯·基亚罗斯塔米[1]导演的家，位于德黑兰北方，以厄尔布尔士山脉为屏障的一处安静住宅区。我和负责口译的戈尔帕里安·休勒一下车，一直在门口徘徊的两个女孩先我们一步进入屋内，其中一位捧着向日葵，很明显是前来追星的粉丝。我和休勒互望一眼，决定暂时在门口等候；但是，有时候这也会变成助力，于是休勒去按了门铃。

　　基亚先生很快地小跑步出来迎接我们，像是在说：

　　"哎呀哎呀，别客气啊，快进来。"他穿着黑色紧身短袖T恤和牛仔裤，显得年轻有活力，像是足球场上的教练。

1　阿巴斯·基亚罗斯塔米（Abbas Kiarostami，1940—　），伊朗导演。1960年代伊朗电影新浪潮的推手之一。代表作有伊朗三部曲《何处是我朋友的家？》（1987）《生生长流》（1991）《橄榄树下的情人》（1994）。

原本伊朗就有几项源自伊斯兰教的禁令，即使是外国女性，也要包上头巾，不能让人看见头发，任何场所都禁止饮酒，男女之间的握手也是禁忌。虽说如此，我和基亚先生许久不见了，彼此张开了双手，互相拥抱。神啊，请原谅我。

接着基亚先生起身进入屋内，我们则坐在玄关旁的椅子上望着庭院。我拿出预先准备好要当礼物的金鸟蚊香，用火点燃，因为，庭园四周都是茂盛的原生林木。这时候，基亚先生端来茶和点心，我给他看手上的蚊香，他马上说："啊，我老早就想要这个了。"看得出他贴心的一面。

容我事先声明，我们都是用波斯语沟通的，但休勒的口译太神奇了，完全没有通过翻译沟通的感觉。简直让我误以为是直接用波斯语来交谈的。

向日葵女孩二人组满足地出来了。基亚先生亲切地挥手目送女孩们离去后，随即忙着招呼我们："嗯，是进去好呢，还是留在这里比较好？"这时候，摄影师萨马迪安也到了，在门口替我们拍了几张照片后，便一起进入屋内。

房子是十分宽敞的木质建筑，粗硕立柱支撑着整栋建筑。中央有一张可容纳多人会议的大餐桌，我们坐在角落的接待桌椅，休勒坐在中间，准备接下来的访谈。由于我事先将访谈大纲交给了休勒，所以提问很有效率。

野上（以下简称N） 《火车三段程》我看了两遍，真不愧是世界级名导，三位导演分别展现本事，很有意思。在一列行驶中的火车的有限空间里，上演着各式各样的人生，听说是您想出来的这个策划案，是吗？

基亚罗斯塔米（以下简称K） 是的。最初是我的构想。不过，现在的版本已经完全不一样了。我原本设想旅人是固定的，只有导演更换。譬如说，我搭上火车，来到一个包厢，里面坐着六名乘客，接着我就以这六个人拍成一段故事，然后在下一站下车。接下来换成另一位导演上车，和同样六名乘客再拍另一段故事。第一段故事里是夫妻的，在另一段故事里也许是兄妹。同样的人物，会因为不同人的观点而产生变化，就像玩游戏一样，我觉得很有意思。我原本的构想并不是先有剧本，而是先有角色之后再去展开联想、建构剧情。

但是其他导演都想各自制作自己的电影，不支持我的构想。

忽然之间，像是呼应感到不满却无可奈何的基亚罗斯塔米，上面的水晶吊灯突然啪的一声熄灭了，半个房间顿时变暗。导演站起来喊道："怎么回事？"摄影师萨马迪安试着站到桌上检查灯泡，说是要去叫水电工来修理，就飞

（右）蚊香
（中）"老早就想要这个了。"

奔了出去。

我心想,应该不要紧吧,还可以聊天,就继续吧! 可是导演依旧不能释怀。他作势要我再等一下,并要我吃点巧克力。一边担心"不知道伊朗的水电工会不会马上来"一边等候时,休勒帮忙催了导演,在黑暗中继续访谈。

指挥演员也是件快乐的事

N 其他两位导演,也就是埃曼诺·奥尔米[1]和肯·洛奇[2],是您选择的吗?

K 是的,奥尔米是我找来的。我一直想和他一起拍电影,总之很想和他碰面。

N 咦,以前你们没见过面吗?

K 之前从来没见过。这次是第一次和奥尔米碰面,真是一见如故,整个被他吸引住了。以前看过他的电影《工作》很感动,隔了四十年又看了一遍,还是觉得很棒。

---

1 埃曼诺·奥尔米(Ermanno Olmi,1931—),意大利导演。电影《木屐树》获1978年戛纳国际电影节金棕榈大奖。
2 肯·洛奇(Ken Loach,1936—),英国导演、编剧。代表作《小孩与鹰》。

可是奥尔米本人比他的电影,还要多几千倍地吸引人呢!

N　那肯·洛奇呢?

K　找肯·洛奇是制片人的主意。

N　想必你一直在看他的电影吧? 像是早期的《小孩与鹰》就拍得很棒,似乎是你会喜欢的片子呢。

K　我一直在看,因此才感到忧心。奥尔米是用诗的角度看待人生,洛奇则是用意识形态看待人生,我当时认为这两人肯定会有冲突。

N　因此您才会介入两者之间,拍第二段故事,对吧?

K　也不是啦,那是结果。因为奥尔米说他要拍第一段,洛奇说他要拍最后一段,于是,我只能选中间这段来拍。两位导演都比我来得年长嘛! 不过,我认为这样的安排是正确的。

N　拍摄过程中,大家会去其他导演的拍片现场观摩吗?

K　洛奇是绝对不会让人家去观摩的,仿佛稍微偷看一下,就会有警报声响起似的。总之,他是很严厉的人,而且,精力充沛,什么事都要亲力亲为,否则就会觉得心里不舒坦。就连服装也要自己找,明明可以委托导演组去处理。

此时，萨马迪安开车把水电工载了过来，水电工直接踩上众人面前的桌子，旁若无人地开始工作。基亚先生已经无心访谈，指挥起水电工，要这样弄那样弄之类的。休勒和我都笑着说："照这样看来，要等一下了。"

所幸，过了一会儿，电灯修好了，房间亮了起来，水电工也扛着梯子离开了。基亚先生变得心情大好，笑了笑又开始接受访谈。

K   不过，我拍片的时候倒是请了他们过来。我很会邀请人的，在片尾红衣美女即将登场时，我把他们请了过来。一来是因为这位美女可以往洛奇的列车移动，担任串场的角色。可是，洛奇对美女并不感兴趣。

N   基亚先生拍的第二个故事中，菲利浦走到餐车之后，在洛奇的故事里出现的青年球迷们已经在那儿了，是吧？

K   我原本的构想并不是那样，本来是要借用更多奥尔米和洛奇的演员来演的！偏偏他们不答应。

N   这样哦。(我岔开话题)在基亚先生那一段主演的胖夫人，真是演得很好。因为偷手机的嫌疑，和对面男子两人吵架的地方很有意思。

K   西尔维那·德·桑提斯(夫人)是舞台演员。我

電気屋

水电工施工中。

(左)照这样看来，要等一下了。

是头一次跟别的导演一样采用海选方式，大约从二十人中挑选出来的。并没有先给她们写好的台词，而是在现场说明，一边教她们台词，一边试镜。

　　N　一直以来都是这样的呢。

　　K　在这次工作中，有两个很有趣的经验。首先是不用担任制片角色，所以完全不用操心钱的问题。就连乘客也全部雇用临时演员，不过，会从里面挑选一些人，让他们帮忙演一点点戏。

　　还有就是聘用职业演员，这让我觉得，聘用职业演员也可以是一件很愉快的事。

　　N　年轻演员有一半都可以说是职业演员吧。

　　K　没错。像菲利浦就是我在意大利带工作坊教出来的学生。一直在拍电影。我觉得，演技精湛的职业演员和业余年轻演员之间的搭配很成功。

　　N　不过，这两人的关系要如何分辨呢？一开始我以为是母子。可是，又觉得像姐弟恋。

　　K　原本是打算让观众都没办法摸清楚他们的关系。一开始就知道的话，不是很容易厌烦吗？原本我想这样安排，男生爱上夫人，但夫人心里却没什么感觉。

　　N　解说里写着，年轻人是义务服役的士兵，工作是负责照顾已故将军的夫人，可是光看剧情却看不出来。

K　伊朗也有同样的制度，因此是可以理解的。

N　不过，在协助夫人更衣的时候，夫人不是对年轻人骂声连连吗？所以，也看得出来他的身份是下属。隔着窗框讲话的那个镜头，对话非常有意思，还有，投射在窗框上的光线也很棒。

K　其实，我原本写的台词更有意思。可惜西尔维那只顾着穿衣服，忘了讲这段台词。结束之后我才从翻译那里得知。真是遗憾！

超越语言的沟通

这时候玄关传来门铃声。萨马迪安好像是说了句"japone?"我就明白了，是这次研讨会同行的木村大作[1]导演和制片井关惺先生，估计访谈差不多要结束了，才赶过来的。基亚立刻上前迎接，用英语聊了一会儿。井关先生探头进来说："访谈还没结束吗？"我马上把他赶出去，说：

1　木村大作（1939—　），摄影师、导演，高中毕业后即进入黑泽明的剧组工作。代表作有半自传的《剑岳：点之记》以及身兼导演、编剧的电影《背负春天》。

"熟人请勿打扰好吗？"不知道为什么，萨马迪安也郑重其事地拿起酒杯走到庭院。过没多久，换成大作先生露脸了，手拿酒杯给我看："真好喝！好久没喝到这么好喝的威士忌了！啊哈哈！"似乎是专门用来招待外国客人的窖藏好酒。我其实已经犯了酒瘾，一个星期都浑身不自在了。还是赶快开始工作吧！

N　基亚先生拍的最后一幕，夫人下了火车之后坐在包包上，一副无可奈何的样子，我觉得很棒呢。

K　是啊！我原本还想让镜头尾随夫人下火车，继续拍下去。西尔维那的演技实在太好了，下次我想把后续剧情拍成一部长片。我可是到现在都还没正式写过剧本，这次我写出超精彩的剧本去提案了，里面包含了很多有趣的故事。不过，那就非得买下这部电影的版权不可，这行不通。但是我仍然不死心，即便是现在，我还是打心底想拍。

N　这么说来，基亚先生认为这部影片并不成功，是这样吗？

K　它最终变成了三部电影，这我不太能接受。我曾说过，这部电影的导演应该要采取飞机驾驶员的形式。就像飞机上的乘客不会察觉到飞机驾驶替换一样，我们也不要让电影观众察觉到导演换人了，我曾经这样提议，可惜没被接纳。

N　嗯,不过要做到这点实在不容易。拍电影和开飞机毕竟是两回事,没办法做到像"无印良品"那样对吧!反过来说,越知道导演是谁,越能享受电影的乐趣,不是吗?这部电影也是如此,三人三种风格结合在一部电影里,所以才变得很有意思,不是吗?

K　哦不,拍完的时候真觉得很失败,后来在意大利试映的时候,记者们都称赞说拍得好,说就像在看一部电影,还说这部影片充分展现了意大利的文化和风俗习惯,我才放了心。因此我认为,要能够成功创造人物个性,才能超越语言限制,打动观众。

N　我期待基亚导演能独力完成下一部长篇作品。已经开始筹备了吗?

K　下一部片子考虑由朱丽叶·比诺什[1]主演。她已经答应我了[2]。

N　真是令人期待呢。感谢导演接受这次访谈。莫帖夏克拉姆(Motehshakeram,即波斯语的"谢谢")!

1　朱丽叶·比诺什(Juliette Binoche,1964—　),法国演员。代表作《英国病人》《蓝白红三部曲之蓝》。
2　该片即《合法副本》,由阿巴斯执导,于2010年公开上映。

此时，我们通知在门口的两个日本人，还有后来到访的制片休嘉先生，说访谈已经结束，要他们也进到屋里来。导演问大家，不去餐厅，就在家叫外卖如何？我们当然是赞成的。民族主义人士休勒自豪地说：讲到伊朗的外卖，日本店家的外卖肯定没得比，羊肉串烧以及生菜沙拉是大盘大盘送到府，而且是叫出租车，专程送到家里来。话说回来，刚才在街上确实没看见外卖用的摩托车，只看到到处都是宛如神风特攻队般，四处冲锋陷阵的出租车。

没多久，出租车果然送来了许多装满奢华伊朗料理的大盘子，摆满了整个大桌子。我完全无法理解，伊朗人直接就大快朵颐，没配上一滴酒的习惯。大作先生和我则是向萨马迪安使了眼色，要了一些窖藏的威士忌加冰块来喝。大作先生一边喝一边解释说："其实我也不是特别爱喝的饮兵卫。"他跟大家分享刚来到黑泽剧组时发生的丑事，大家都笑得拍起手来了。

可是，我没有西装！

我拜托基亚先生，也让大作等人听一些他首次前往戛纳的事，基亚先生很会说话，不管听几次，都很有趣。

那是1992年，他的电影《生生长流》在戛纳展映时的事，也就是伊朗电影在各地电影节逐渐开始受到注目的时候。

K　我记得在饭店大厅和你坐在一起（和邻座的休嘉先生相视而笑），那时候吉尔·雅各布[1]主席来电。"今晚有空吗？""有空。""十点在卡尔顿酒店碰面吧！"一旁的记者们还说："今天是罗西里尼纪念奖颁奖的日子，你肯定会得奖的。"这时候秘书又打电话来，竟然说是："到饭店来的时候请务必穿着正式西装！"我怎么可能会有那种东西呢！我是穿牛仔裤配夹克来的啊（在伊朗很少见到穿西装打领带的人）！这下子可麻烦了，上街去买，又刚好碰到星期天，所有店家都休息了。只看到一间洋服店似乎有老板在里面，于是赶紧敲了敲玻璃窗请对方开门，但对方比了手势说不行。我对着他大叫："情况不妙，我好像会领到罗西里尼奖，你知道罗西里尼吗？"结果他说不知道。这时候前方来了一位身穿红色外套的男士，我便上前去拜托他：

---

[1]　吉尔·雅各布（Gilles Jacob，1930—　　），从2000年开始接任戛纳国际电影节主席至今。

"不好意思，因为今天我要领奖，可以借我外套穿吗？"对方好不容易弄明白了，脱下红色外套跟我交换夹克穿。总算得救了，可是还没有领带啊！

所幸刚才那家洋服店老板透过玻璃窗，把这一幕全看在眼里。他打开了门，但因为是女装专门店，里面没有领带，结果，老板拿出他自己的领带借给我。已经十点十五分了，我跟那位先生说，明天会把红色外套拿到店里还给你，说完立刻拔腿奔向卡尔顿饭店。

吉尔·雅各布一直在等我。他说还没要颁奖，因此要我在楼梯下面等着，等到听见有人喊我名字，才走上舞台。罗西里尼的女儿伊莎贝拉也在现场。我拿到奖（不知道写了些什么）走下台之后，好多台相机涌上来围着我，记者们纷纷询问我的得奖感言，像是："请问罗西里尼的作品中，您最喜欢哪一部？"可是，罗西里尼的电影我一部都没看过。我慢慢退到休嘉身边，用波斯语求救，但他也不知道。无计可施之下，我只好对记者说："全部都喜欢。"不料记者又追问："能不能列举其中的一部杰作呢？"我只好回答："我认为罗西里尼最棒的杰作，就是站在那儿的那位，他的女儿伊莎贝拉！"[1]

1　罗伯托·罗西里尼（Roberto Rossellini，1906—1977），意大（转下页）

随后，爆笑声此起彼落。我们明明没有喝酒，气氛却相当热烈。这时候休嘉先生忽然放了一句冷箭："你上台的时候，我周围的人都称赞说你的服装很有品位呢！"说完又引起一阵爆笑。

就是因为这样，我才会如此喜爱基亚罗斯塔米导演。

（首刊于《电影旬报》2006年11月上旬号）

（接上页）利新现实主义导演，代表作为《罗马，不设防的城市》；伊莎贝拉是他与女星英格丽·褒曼的女儿。

附　录

活跃于电影圈的女性：
访问野上照代女士与齐藤绫子教授

爱知国际女性电影节执行委员　野上照代女士（以下简称N）

明治学院大学　齐藤绫子教授（以下简称S）

访问者　联合国新闻中心东京所长根本馨

请问野上女士，是什么机缘让您参与了"爱知国际女性电影节"[1]？

N　有一位服务于爱知县政府的大野先生，受到黑泽明导演的《生之欲》的感召，计划聘请大岛渚导演当顾问，在爱知举办电影节，这就是这个电影节的起源。在大野先

1　爱知国际女性电影节，创办于1996年，是日本中部地区唯一的国际电影节，放映女性导演或女性主题的电影作品，以提高妇女社会地位，加强女性电影人国际交流。

生同乡（电影圈内人）的引荐之下，我有幸参与了这个电影节的工作。

到今年，爱知国际女性电影节已经迈入第二十个年头了。这二十年中，有哪些作品或导演，让您特别印象深刻？

N　羽田澄子女士的纪录片，以及来自中国大陆以严格看待女性闻名的宁瀛，还有中国香港的许鞍华，姑且不论性别，纯粹作为一名导演而言，我认为她是相当优秀的。

N　也说不上是什么插曲啦，利用电影节的机会跟各国导演交流，并且能够认识各式各样参与电影制作的人，很有意思。经过二十年，甚至还有像伊拉克那样形势丕变的国家，连电影都不能拍了。因此，面对这样的现实，更需要拍出一些能够反映这些情况的电影。

野上女士作为场记参与黑泽明电影期间，有没有什么身为女性独有的艰难与辛酸？

N　当年在电影圈工作的女性还是少数，因此，或许可以这么说，身为女性多多少少受到一些特别照顾，甚至是占到一些便宜。到了今天，或许是因为器材变轻了，女生也可以扛起摄像机、拉电线等等，做一些以前都是男生在做的工作。因此，算是达到某种形式上的男女平等了，不是吗？

现在，在日本电影界已经出现了相当多的女导演呢！

N 跟以前相比，社会环境对女性是越来越友善了。或许是因为器材变轻了，在拍片现场工作的女性也增加了。当年我还在拍片的时候，女性工作人员相当程度局限在场记、助理、发型、服装等工作。

N 可是现在在日本，年轻女艺人在电视上的曝光率较高，从而影响了电影圈的风气，不是吗？这纯粹是个人想法啦，感觉她们的形象和角色，多半是由男性业界人士来决定的。

您的意思是指，日本的女演员和女艺人都是被迫去担任，或者被形塑去接受一些"符合男性偏好与刻板印象"的角色，是吗？

S 是有类似的角色，另外，也有人在反抗这样的刻板印象。还有，目前在好莱坞很受关注的问题是，女演员过了四十岁，工作机会就大幅减少了。年纪渐长之后，还能在第一线活跃的，大概只剩下梅丽尔·斯特里普之类的极少数人，很多女演员都对此现象表示不满。

S 在片场时代，必须要生产出一定数量的电影交给电影院放映，某种程度就会导致要依照"男性观众喜欢看，还是女性观众、家庭观众喜欢看"的逻辑来生产出各种类型片。然而，诚如野上女士所言，在好莱坞大家最重视的，就是电影的票房收入了。但是，在欧洲仍然可以看到，像凯瑟琳·德纳芙这样年纪比较大的演员或女演员，在演一些浪漫角色的电影。这些英国或欧洲大陆拍出来的，以黄昏恋为主题的电影，到了美国竟然大为卖座的例子，也是有的。

N 我认为，就电影生产的技术层面而言，一开始就不应该区分性别。虽然说男性和女性在生物学意义上擅长的领域并不相同，但至少就电影生产和导演这一行而言，并没有必要以性别来区分能力。反过来说，也不能因为是女性，就硬要受到特别礼遇。最近，不单在导演这一行，活跃于电影圈的女性也越来越醒目，感觉性别差异似乎不太是一个议题了。往后，真正意义的两性平等能够持续推动下去的话，就太好了。

（明智周 译）

忘年之交谈电影

时　　间　2016年3月18日
地　　点　东京世田谷区东宝studio
对 谈 者　野上照代、侯孝贤、朱天文、井关惺、小坂史子
录音整理　章和、小坂史子

为了《蜥蜴的尾巴》繁体中文版,侯孝贤导演特别于百忙之中抽空前往东京,和忘年之交野上照代女士一聚,畅谈黑泽明及他的电影。聊轶事,也谈趣闻,席间文化界友人朱天文、井关惺、小坂史子全程陪同,一起分享跨越时空的电影文化观点。

野上照代,以下简称野　天文小姐上次来东宝是什么时候?

朱天文,以下简称朱　1991年,专程为《戏梦人生》

而来东宝的。

侯孝贤，以下简称侯　那个时候她才碰到您（野上），当时我筹备《戏梦人生》，它的背景是日据时代，需要一些日本的资料。您不是给我一本手册吗？好像是东宝的道具手册。

朱　可是被偷了，后来手册被偷走啦（笑）！

侯　对，后来回去放在公司被偷了。

野　当年小坂还没来呢。天文和大家一起去东京国立近代美术馆电影中心的相模原分馆。天文小姐虽然语言不通，但还是努力地为大家忙前忙后。

朱　我们就是在看李香兰演的那部……？

小坂史子，以下简称小　《沙鸯之钟》？

朱　就是这部，在那边看的。

侯　そうかね（日语：是吗）？

野　讲到《戏梦人生》，是在黑泽明导演筹备最后一部《袅袅夕阳情》的时候吧。那年元旦，大家聚在一起，先生挨个问在场的工作人员，有没有看过《戏梦人生》。

野　我第一次看侯导的作品是《恋恋风尘》。

朱　《恋恋风尘》是川喜多和子发行的吧？

野　和子在南特电影节上看过后就一直说，这个片子得看一看，其实就是说要让黑泽明导演看一看这部片子。

朱　《恋恋风尘》在日本卖得不错,每天都回报说排长龙,张华坤(制片)也跟我们说了好消息。记得当时来日本宣传的还有吴念真,和侯导一起,住帝国饭店。

我妹妹朱天心跟妹夫谢材俊住在老地方(新宿区大久保的甲隆阁),白天导演做宣传,到了晚上大家就到导演那里混吃混喝,有时还去和子家。我们去过和子家好几次,有天在她家客厅看到大岛渚,大家都围着他,有人说全日本穿和服最好看的男人就是大岛渚(笑)。

野　从玄关进来就是一间很大的客厅,专为了开派对而规划的那间房子吧!

朱　对。和子去世的时候我们也去了,我看见黑泽明、李香兰都在那儿致意……

井关惺,以下简称井　那屋子与其说是在目黑,其实是坐落在白金一带吧。

朱　其实那个时候您(野上)也在。

侯　我也在啊,但是我都忘了……

朱　导演的记忆长翅膀全部飞光光了(笑)!

侯　朱记忆最好,野上第二,我第三。

朱　你看(照片)在这里,野上拍的,1994年在黑泽明导演家里头。

野　我拍得很差……

朱　没有，这张很特别。为了要拍照，后面挂一大块布幔，他（侯导）向黑泽导演鞠躬。这个画面是别的摄影师拍不到的，您不觉得很好吗？晚辈向他的前辈鞠躬致敬，很棒的！

侯　很有象征意味。

朱　是传承！

朱　两位都是白羊座。

侯　3月23号？那么他是白羊头。

朱　你看，黑泽明微笑的感觉……四十七岁和八十四岁的两位导演合影后，还聊了五个钟头之久。后来根据这画面我写了一篇《梦晤》，就是千年得一见，有如在梦境里。这张照片穿帮的，但就是好特别。

朱　黑泽明导演家的地毯是阿巴斯导演送的。阿巴斯说可以让好朋友踩一踩，所以我们都踩过了。导演送我们出门，那时是樱花开的时候，黑泽明导演站门口，个子很高，他告诉我们，可以去东宝的片厂看看绿色樱花。他很幽默，一种黑泽明式的幽默，说只有那樱花是东宝最有价值的。

记得拜访前，他不小心摔了一大跤，是在送朋友的时候摔的。我们都吓一跳，一米八三高的人跌一跤，整个摔到地上呢！因此我们才先去高崎电影节，十天后再去

黑泽明导演（左），侯孝贤导演（右）（野上照代摄，朱天文提供）

拜访。

野　这个我记不得了,但是我记得,侯导和大家回去之后,黑泽明导演就像第一次遇见这种人一样,说了一句:"遇到了一位有人情味的导演。"

侯　年轻的时候在台湾看他的电影,男主角(三船敏郎)在房间里面,小小的房间里风一直吹进来,有一片叶子……然后他在那里练,咻——那个飞刀。仲代达矢有枪,仲代达矢一直走一直走,掏枪出来,然后飞刀就咻的一下,然后就冲上去——嚓嚓嚓嚓——

小　那个时候台湾可以看到他的片子?

侯　有。

朱　1972年吧!

野　黑泽影业在初期十分困难,到了后来《用心棒》的时候总算猛赚了一笔,《用心棒》成功之后就有了《椿三十郎》等作品,那段时间公司的效益不错,但收益是东宝和黑泽影业平分的。

朱　有一段时间,黑泽明和美国合作,非常不顺利。黑泽明导演想要自杀,您鼓励他坚持下去吗?

野　完全没有。

侯　应该要鼓励(笑)。

野　因为我不懂英文,我完全没有介入,当时我还在广告公司工作。后来唯一一次黑泽明导演感谢我的是拍完《德尔苏·乌扎拉》的时候，导演回到日本后身无分文，我安排他去演三得利的广告。

朱　代言？

侯　是代言的。

朱　赚钱？

侯　当然哪，代言的工作！一定赚钱（笑）。

野　这就是黑泽明导演唯一跟我说谢谢的事情。

朱　真的？

侯　您说说而已（笑），谢谢您也不止一次，黑泽明导演不善表达而已。

野　他不会谢谢我的。

朱　可是黑泽明导演在书上写过野上是他的左右手啊！

野　黑泽明导演对我直接表示感谢的，真的只有那么一次（笑）。而且给他赚的钱不算怎么多，两年的代言费用只有两千万日元而已。

侯　那个时代应该算是不小的金额。

野　接着黑泽明导演拍了《电车狂》，我个人很喜欢这部，可是很不卖钱。一开始这部是要拍电视剧，但是黑泽导演不愿意，所以最后还是做成电影。那部电影很特别，就像假的一样，因为和好莱坞决裂之后，导演开始不管天气多不理想，一定要争取在计划期限内完成拍摄。比如在阴天为了做出太阳光照的感觉，把地上的影子涂黑。过去是绝不会这样处理的。而且预算也大幅减少了。导演在拍摄时也满脑子考虑着如何让片子大卖，拍摄之后风尘仆仆地配合宣传。结果，还是没卖好。

朱　是黑泽导演六十岁的时候。

野　我觉得和导演自杀未遂有关。黑泽先生的《罗生门》得奖，影响了整个日本电影业界，从这个角度看来，电影节的存在还是很有意义的。

侯　是的，多少都有帮助的。可是对我来讲，你拍电影时，如果把参加电影节挂在心上，就别拍。每个人看电影的角度不一样，你自己认为很好的，不见得人家看得出来。其实我也当过评审，有时候，我当评审我会发脾气，我选的作品一定要得奖，为此跟其他的评审翻脸，他们只好让这部作品得。有时候在大型的电影节，评审里头有导演、演员、制片，导演提导演奖大概大家没有意见，演员提演员奖别人很难反驳，最佳影片的时候就比较难，大家都看得懂的片子容易得奖，但是很特别的片子就很难得奖。这些情况我们自己清楚就好。

野　电影节很有必要，但是也得看评审是谁。

侯　是啊！我的《南国再见，南国》参加戛纳主竞赛的时候，科波拉（弗朗西斯·科波拉）很喜欢，那一年他当评审主席，在媒体的场合提到他很喜欢我的片子，说看完之后做梦梦见了它，他看了两次，可是它并没有得奖。评审这件事情你要理解的话，没什么，没有人像我当评审这样坚持，我不管别人说什么，好的一定要就对了！像我耍流氓的一定会得的（笑）。

　　野　黑泽导演获奖时也有一些批判的声音，说那是为了讨好外国人拍的。但是他本人说了，他自己没那么想过，也没想过要为外国人拍电影。

　　侯　不可能的。如果那样子拍的片子，一定很烂。

　　野　但是那种片子确实存在。

　　侯　是的，有些导演知道观众需要什么而拍的，也不少。

　　野　那种电影是很假的。

　　侯　是啊！

　　野　在这点上，侯导演和黑泽明导演很像。

　　侯　因为我们都是白羊座。

　　朱　都是往前冲的。

　　野　看《戏梦人生》时感觉特别奇妙，好像能从银幕中感受到真实的生活，画面里的每个角落都很真实，到底是怎么一回事呢？明明那个时候你还很年轻，我能从景深中想象出当时的台湾。

侯　第一重要的是由李天禄来演，他一点都不怕被拍，他对镜头没有感觉的。

野　我见过他一次。

侯　他啪啦啪啦一直演，就一直讲，我安排他在现场讲他以前的事。这是第一个不一样。第二，他讲的内容很具体，因此我的拍摄安排也要非常清楚。

野　能从画面上感受到时代氛围，很厉害的！

侯　其他许多人都是非演员，林强也是第一次演，李天禄的儿子也来演……都是非演员。而且我拍片通常不排戏的，ない（日语：没有），直接拍。我就摆个位置然后让李屏宾看看，好，我们就这样这样……没有分镜头的，我是从头演到尾，长镜头的拍摄。

看演得不好就再来，认为拍不到我就不拍了。我就换，不是再拍同样的内容，换个方式再来，换个空间或换个什么的，目的是让演员自动进去（情境）。所以即便是临时演员，因为戏很长，很容易进去剧里头。

我最喜欢拍吃饭，尤其演员饿的时候拍。真饿的时候他就真的去吃，这样吃得才像。《悲情城市》里的吃饭镜头，就是饿的时候拍。你看那些小鬼，吃——唢唢，基本上这样。我选吃饭时间,而且在现场实际做菜给他们吃的拍下来。

野　可是像喊预备开始,还有场记打板,这些总有吧!

侯　有。有时候不好我比一下"关",此时机器关了,却让他们演完,我不会打断他们演戏。而且我很早就同步录音了,是从《悲情城市》开始的。

野　可是你拍的不是一个人,是拍很多人,场面调度很不容易。

侯　对我来说这样比较容易,因为演员分开单独拍,他们会紧张,任何演员都会,或许他们就演得过分了。而且底片很贵,当时只能用一台摄像机。

朱　黑泽明导演用的是两台?

野　拍《七武士》之后才是,之前都是用一台。

侯　因为有时候场面大,用一台不行吧?

野　侯导演和黑泽导演都是要导戏,黑泽导演经常说的就是,要让自己成为零。只要拍好对象,有几台机器这些都没有关系,摄影师和导演都得成为零,这是基本。

侯　对,所以你要去安排情境细节,用这些东西让演员能够进去才是重点。譬如吃饭要真的吃一样。

朱　重点是拍的对象。

侯　而人(对象)的状态也重要。

野　对，我也觉得导演得成为零，才是做到真正的导戏工作。

侯　通常拍电影，你要找演员，找这位或找那位，因为看过他们过去的作品，感觉这位可以演，那位也可以。但他们永远是演员，你怎么打回他的本质，你看着他的本质让他回到本质。而拍非演员就得这样，我们安排情境给他们，吃饭或许什么，你一定要清楚告诉他这段时间是什么时间，譬如说现在早上十点，妈妈一个人在家里做什么，十点备菜啊，做午餐呢。做午餐的意思是什么，有谁回来吃饭，谁？小朋友。但要是小朋友在备菜的时候回来了，那就是出状况了。这些安排是根据真实生活的，因此安排的时间跟真实生活的流程不对就是出状况了，这是我的戏剧性，而不是很激烈的那种。

野　所以很自然啊！

朱　在不对的时间，发生不对的事情，我们觉得很怪的。

野　所谓没有意思的导演，很喜欢去强调一些，譬如乱用特写等等。

野　说起电视，我平时只看新闻天气预报。我想到的是本·拉登被杀的时候，那时美国的总统还有官僚们就看着屏幕，一边还说着子弹命中了之类的话。感觉像游戏一样,觉得人类变得好差劲,像这样的情况越来越多。

侯　记得攻进去的特种部队,他们头上戴着摄像头。

朱　我也记得奥巴马七八个人,在白宫里一边看杀掉本·拉登的传回来的现场画面一边讨论,好像面对的是电动游戏。

侯　他们觉得强权可以这样杀人,而且毫不自觉。拍出来自认没有关系,还公布!

野　从这件事情看来,同时间跟大家一起讲这件事,确实很方便。

侯　变成鼓励一种残暴,把人性最不好的部分,猎杀或什么的,把最不好的部分具体地呈现给别人看了。

野　所有事情都有类似的倾向。譬如智能手机的出现,真的方便,可是恐怕让人变得无感(一种迟钝),恐怕以后不再需要使用想象力。

侯　因为太直接、太简单。

野　对! 不需要想象。

侯　我们看小说,要看文字去想象,而每个人的想象都不一样。影像虽然看上去真实而直接,但是背后应该要有表达的意境,不能失去想象力。

野　我已经活不久了所以还好,可是我(对影像的未来)感到绝望⋯⋯

侯　还是会出现好作品的。本来导演没有办法忍受的是他往后没有机会拍、没办法再创作。文字是一个人就可以写，电影是需要许多人及一笔经费的，所以他们考虑电影要卖钱，迷失在这念头中所以被绑，思维全被绑在这里面了。假如现在拍个片子，是你喜欢的内容而且制作费也不少，结果可能票房没有了，好，你会不会再继续拍电影，这就是一个考验。

你没钱也没关系，弄点小钱拍，现在不是底片是数字的，比以前简单多了。把整个成本往下拉，现在不少导演选择这条路走。

另外我想说，观赏影像、影片已经不只是在戏院看，你要研究怎么使用影像。而且现在不是底片时代了，拍了NG也没那么浪费钱了。

小　反而是一个机会?

侯　数字的历史其实还没发展多久，你想再三十年后会出现什么，一定是又便宜表达又更丰富的东西会出现。

朱　可能是电影没了? 我觉得脑子还是最重要的。

侯　对，看这个世界，你怎么对人，怎么看整个社会;最重要的是，自己的观点、情感这些是最动人的。文字是间接的，表达情感都要通过文字的结构反映出来。影像是直接的，现在数字那么方便，一直拍下去，一定会有新的方式长出来。

朱　那是另外一种世界，你觉得可以吗？

侯　我拍的都是间接的，我不是直接的。

朱　那用手机能直接看你的作品吗？能接受到你的信息吗？

侯　难说，现在只是谈到手机，将来说不定会在家里放一个设备，一进家里，嘣，影像就出来。

朱　我觉得看的人越来越不会看间接的。

侯　你说的是很短时间内？

朱　从手机看你电影的人，会看不懂的。

侯　我的电影不重要，谈的不是我的电影。假使影像变成像文字普遍使用时，他弄出来的形式是什么，他的内容的变化是什么，以后观看，不见得是用手机，或是什么，完全不知道，有可能变得每个人的习惯不一样，跟文字一样自由，那么机会会有，表达方式不一样而已。可以组合，怎么都可以，变成另一种东西。

野　我同意导演的看法。但问题是观众被打动的内容是什么呢？

朱　对，我觉得大多数观众看的东西要很直接简单，因此我对此是悲观的。

侯　你用任何媒介描写眼前看到的都是直接，可是朱天文看的,和我看的都不一样,跟一般的绝对不一样。我是指望他们看得懂啦(大笑)!而且使用数字的成本低,可能影像上将有另外的发展。

野　因为你有才气……

朱　所以可以这样想象。

侯　你看现在的小孩对数字很熟悉,他们从小都会,写文字虽然最不花经费,可是最难,表达上最难。

朱　总之,我觉得我们和黑泽明导演是手工业的人,不管科技多发达,精神上是来自手工业的独特性。所以影像产业在量大、便宜、便利的情况下,手工业的作品可能只能待在博物馆或美术馆里头。

野　是啊,认为那具有价值的人会越来越少。

侯　这个没有办法的,现在也已经差不多,将来也差不了太远,但是至少我们可以不用花太多经费一直拍片,不然像黑泽明导演的话就没有办法了,他的时代的压力,跟我们比,大多了。

侯　我刚开始拍片用的是四百尺底片,摄影师是陈坤厚。拍摄的时候他把取景器压住,回头看我。看到我没有反应就继续拍,又再看看我,他想为什么我不喊卡,他不明白。其实这就是因为底片太贵(他才会有这样的反应)。

野　是啊,以前打场记板就算只有几秒也觉得很浪费,因此也有不打场记板的时候,就后期剪辑的时候用声音对口型。

侯　以前打板时间长了会被骂的!

野　今天我听了你们的言论及想法,感觉有一点希望了。

电影《母亲》, 其实是写父亲的故事

野　《母亲》和我的原作《给父亲的安魂曲》内容上是有出入的。因为商业考虑,邀请了吉永小百合女士演出。

朱　我们在台湾能看到电影《母亲》。

野　原来我写的是关于我父亲的,内容是监狱里的父亲和孩子的书信往来。

我父亲很想出诗集,原稿还留着,结果没有出版,于是在电影的后半段放了一些。其实当时我们小孩子并不明白大人的状况,就寄出了信。监狱的官员检查之后跟父亲称赞说,你们家女儿的信写得真有意思。

朱　她(野上)少女时代写信给伊丹万作的时候也是,伊丹万作看了她的信之后给她回信,第一个说,她的信上都没有错别字。你看大家都被她的信打动。

野　我只是幸运。说幸运是因本来没有通过(指原作投稿的女性人道纪实文学奖),后来是佐藤爱子先生力荐。有一千万的奖金,我和另外一位一起获奖,两人各拿五百万奖金。

朱　我母亲(编按:刘慕沙女士)翻译过佐藤爱子的小说,所以我们看过她的作品。

侯　野上女士,那是什么时候的事情了?

野　应该是《影武者》之后(约五十七岁左右)。那个奖项本来是要将获奖作品拍成电视剧,但是我写的内容是信件来往,很难拍成电视剧,而且社会主义(左翼)的内容也可能不太受欢迎吧。提到家人,我有一个姐姐,她还在世,过着比我还原始的生活,只会用电话对外沟通,所以我管我姐姐叫泰山。

朱　我和妹妹天心在台湾看《母亲》,很感动,一直哭⋯⋯

野　那是因为是山田洋次导演的作品!

关于那冗长的终幕镜头

去年东京国际电影节，我去看了蔡明亮的《郊游》。

映后开放讨论时，我举手提问：

"蔡先生的电影，向来是以很长的终幕镜头作为结束。例如，《不散》（2003）里最后一幕的电影院镜头，真的很棒。可是，这次的终幕镜头怎么看都太长了。总不能说，长，就一定比较好吧？"听到我这么不客气地提问，全场观众哗然笑了起来，蔡导却只是一副"就等着你出招"的样子，笑着回答说：

"每次我来日本，总是很期待野上女士的批评意见。那十四分钟，是有它的意义的。把它剪到八分钟，就变得没意思了。这说明了，人生的确是存在着某些无意义的时刻的。"当时负责口译的是樋口裕子小姐。

可是，今年6月蔡导再度来访，我又看了一遍《郊游》，却大吃一惊。我不禁紧紧握拳赞叹，实在是太厉害了。有哪一位电影导演，能够做到像蔡导一样的坚忍顽强吗？他甚至能忽视电影人最为畏惧的对手——"观众"的存在。因此，他不媚俗。因此，他不说明。也因此，观众就看不懂。因为他认为，看不懂也不会是问题。

外头下着雨。车子像流水般急驶而去，一名男子手持广告宣传站在那里（看不出来这是饰演主角的小康）。超现代感的超市角落里，父子三人啃食着便当（当时我还没读到电影解说，不知道这是试吃用的便当）。父亲埋首啃咬卷心菜，那是被女儿涂成人脸的一颗卷心菜。就这样一边流泪，一边啃着卷心菜。活在人世的痛楚和悲哀，伴随着这画面细腻地传达出来。

看到这里，观众已经完全不在乎电影情节，而被拉进电影世界里。

经发行公司安排，我曾经和蔡导以及李康生（小康）吃了一次饭。

当时，我再度提出我的想法，说最后一幕的十四分钟还是太长了。

负责翻译的樋口小姐笑着说："蔡导说，幸好野上女士不是制片。"

我接着问小康："那漫长的十四分钟里，你都在想些什么啊?"他若无其事地回答:"想导演到底什么时候要喊'卡'啊!"

小康真的很优秀。

蔡导也没生小康的气,只是在一旁笑着。那满怀关爱的"笑容",还真是"赞"呢。

（首刊于《电影旬报》2014年9月上旬号）

（明智周　译）

关于"真实"的触感

观赏贾樟柯导演的第一部作品《小武》(1997)时,曾感受过的震撼回来了。最后一幕是一群人面无表情地盯着"被手铐铐在电线杆上的扒手(男主角)"看。

这次的《天注定》最后一幕也一样,满街群众面无表情地围观着,县太爷指着女主角质问:"你知罪吗?"

另一个故事是,对村长的贪污行径感到愤怒的男子,只身前往机场去抗议,反遭铁棍伺候。袖手冷漠的村民却戏称他为"高尔夫球人"。

据说,过去三十年间,财富分配不平均与贫富差距问题,逼得中国人的个人人格面临莫大危机。

渺小的个人,无论如何高声抗议呐喊,横亘在眼前的巨大邪恶力量,依然丝毫不受影响。这是令人难过的话题。

然而,贾樟柯却没有顺势将之处理为"纪实电影",这是我们之所以推崇他为天才的原因。

因为，他是为了让我们感受到，唯有通过电影手法才有可能呈现出来的"人的真实面貌"以及"现实的人生"。

这不就是所谓的"导演功力"吗？

4月初，贾樟柯偕同女主角赵涛（导演夫人）访日，我终于又和贾导碰上了面。在制片市山尚三先生的安排下，通过小坂史子女士的翻译，我们在东京成城附近一起吃了中饭。

他非常开心，说他是首度接触到酒店和工作地点以外的日本。

当我提到"话说回来，啪啪啪地，杀得真是好看！而且都是一刀毙命。被砍的人，也都砰的一下飞将出去，真是精彩啊"，他回答说，这种杀法他已经构思了很长一段时间。说他不喜欢那种血淋淋的、惨绝人寰的杀法。或许，他只想用某种形式来表现"愤怒"。

还有，这次他很难得地选用了专业演员，于是我告诉他："伊朗导演基亚罗斯塔米曾经对黑泽明说：'我只用厉害的专业演员，以及完全没经验的业余演员'，黑泽明则回答说：'我也是这样'。"然后，贾导同样回答说："我也是这样。"大家都笑了出来。

他到底要怎么指挥那么多业余演员拍戏呢？即便是

细部的人为掩饰,不小心露馅的话,"真实面"就会出现
瑕疵。

　　贾导一边开怀大笑,一边搭着我的肩膀说:"请他们帮
我们照个相吧!"从贾导小孩子般的天真无邪的脸庞,还真
是完全看不出来,背后竟然是躲藏着那种"绝对要挖掘出
真实的一面"的坚定信念。

　　他还说:"明年再带新作品过来。"接着从车窗伸手挥
了几下,就此离去。贾樟柯,四十四岁。当真是前途不可
限量!

(电影《天注定》宣传手册)

(明智周　译)

后　记

　　我今年八十岁了。是相当年纪的老人。是已经走到人生的出口，要伸手去转开门把手的时候了。或许在旁人眼里，能不能再活个两三年都是问号，也是合理的疑惑。

　　2001年出版拙著《等云到 —— 与黑泽明导演在一起》的文艺春秋资深编辑照井康夫问我："回首过往，与昭和这年代一起走到现在，有没有什么话想跟大家说？"这就是像是切腹时的介错[1]会说的话一样。若能在此时歌咏出潇洒的辞世之句，也是很了不起的，可惜我并不具备这般才华。或者，如果是原节子那样的美女，将谜样的过往公布出来，很多读者也会很开心吧。但我的过往，既不有趣也不特别，所以我一直拒绝，就说那不会有

1　日本切腹仪式中，站在切腹者后方负责斩首，加速切腹者死亡、免除其痛苦的行刑者。

人看的。

我景仰的大师伊丹万作说过：

　　　千万不要讲一些会让年轻人觉得"这与我有什么相干呢？"的话。(《记录》，出自《伊丹万作全集》)

他说的一点也没错。

然而到了最近，情况却有了变化。

1984年，山田洋次导演将我荣获第五届读卖"女性人道纪实文学"优秀奖的半自传作品《给父亲的安魂曲》拍成了电影《母亲》，由吉永小百合主演。

理所当然，原书也配合电影片名改题为《母亲》，重新出版。

于是，文艺春秋的照井先生跟我提议：不如就配合电影《母亲》的上映(2008年1月)，来写一部野上的昭和史，感觉挺有意思的。他接着说，如果嫌写起来麻烦，可以采取采访的方式，针对提问作答，最后再整理成文字，也是一种做法。他说这样的话会轻松许多，完全体现了资深出版人的游说本领。

经他这么一说，我想到那些共同度过黄金岁月(再也回不去的黄金岁月！)的朋友，如今尚在人世的已是寥寥无几。这让我改变了心意：在我们这些存活者行将就木之前，留下记录或许是件重要的事情。

正因为，所谓历史，是从具体的日常生活积累而来。正因为，唯有在具体性中，才能找到真实。

于是乎，2007年4月11日起，这部作品开始以访谈的方式搜集材料。

采访者是《电影旬报》前总编辑、电影评论家植草信和先生，以及文艺春秋的照井康夫先生。访谈在一处调查室进行，像是被警察拷问般，也有正式的速记员在一旁帮忙。他们还很贴心地让我一边喝酒一边回答问题，前前后后进行了六次访谈。两位采访者从数量庞大的速记资料整理出来的原稿，足足有两公斤重。

我在访谈中不得不提到了我的家人，以及我的私生活，至今仍会感到不自在。

本来，我自认是个运气好的女人。

到我现在这年纪，23年前的文章还能够复活拍成电影，真是太走运了。

我的人生中只遇到过一桩感觉像被上帝恶意捉弄的倒霉事，那就是我所尊敬的伊丹万作先生寄给我的亲笔信函，以及战死沙场的竹内浩三写的信，全部弄丢了。

关于这件事，因为有所顾忌，到现在为止也没有对外公布过，这次被逼问到，就坦白说了出来。照井先生则是一脸冷静："都超过保密期限了吧。"

也罢，在我即将离开人世之际，留下一点事实真相，或许会有点用处。如今我的心境就像是蜥蜴切断自己的尾巴，准备逃之夭夭一样。

唯有一点过意不去的是，和前作《等云到》相比，有些内容是重复的(虽说讲话有一定的脉络问题)。无论什么时候，回顾往事都会出现同样的内容，这也是没办法的事。

《〈红胡子〉之后的黑泽明与三船敏郎》一文，是《等云到》的英译本于2006年由美国出版社Stone Bridge Press出版之际，在编辑的要求下新写的专文。关于两人拍完《红胡子》之后的关系。虽然有很多种说法，不过，我也只是就我在黑泽先生身边看到的情况提出解释而已。

如果两人最后还能见上一面，不知道该有多好——这种想法，恐怕也只是徒留感伤罢了。三船先生去世后九个月，仿佛在追随他的脚步，黑泽先生也离开了人世。

其他的部分，像是井伏老师旅行会的事，还有登载在《电影旬报》的拍摄现场报道等，是文艺春秋的照井先生帮忙把我以前的文章汇总整理出来的。此外，还有帮忙整理访谈内容的植草信和先生，在此由衷对两位致以十二万分的感谢和歉意。

还有,要感谢负责校对的坂垣美智子小姐。现在还能请到如此专业的人士帮我看稿子,真是幸运。

负责封面的友成修先生,愿意聆听我这个门外汉的意见,也在此一并致谢。

(2007年11月11日笔)

跋：野上女士的独立、客观与达观

　　野上照代女士是日本电影界的先进人物。野上女士与黑泽导演及工作人员一起经历了日本电影的黄金年代，她虽然尊敬他、爱护他，却又始终和他保持了一定距离，不曾迷失自己。山田洋次导演在《母亲》序言里说野上女士是"经由知性加持的乐观"，确实是恰如其分地掌握了野上女士的特质。

相　遇

　　是电影导演侯孝贤介绍我和野上女士认识的。侯导跟我说："接下来我要拍的《戏梦人生》，需要有人帮忙处理日本演员和小道具之类的问题。你不是没在上班吗，能帮我一点忙吗？"又说，"以前都是黑泽明导演的工作人员野上照代女士帮的忙。可是这次《戏梦人生》的开拍日期一直延宕，时间上跟黑泽导演的新作（《袅袅夕阳情》）撞在一起了。"因此，野上女士给他发出求救信号："能不能找个会中文的人来代替我？"看到我一脸惶恐的样子，侯导又补充说："就算是电影白痴也没关系，只是联络性质的工作。"

于是，1992年2月，我在东京成城跟野上照代女士交接《戏梦人生》的联络事项。第一次见到的她，脖子上围了一条红色印度围巾，非常幽默地比出干杯手势问我："你这方面如何？"原本以为她是很严厉的人，结果大大出乎意料。她把和侯导联络的相关内容交给我，全部整理得井然有序。

后来，侯孝贤、蔡明亮和贾樟柯导演他们来访日本时，我也跟他们一起和野上女士频繁来往，度过了许多开心的日子。

2010年初，野上女士忙于黑泽明导演百岁诞辰纪念的筹备工作，我则开始进行侯导《刺客聂隐娘》的日本勘景与选角工作。大约是从野上女士八十多岁，而我也已经五十多岁的时候开始吧，我感觉到：随着年龄的增长，野上女士的"直接"（反射性的自觉）特质更加明显，甚至已经到了接近"无邪"的地步了。在我眼里，在自由这领域更上了一层楼的野上女士，显得如此惊艳、耀眼。

真　实

　　2016年3月，就在前几天，我有幸参与了野上女士与侯导他们的对谈。那时我才惊觉，野上女士一直在"电影"里寻求的，其实就是"真实"。对这类作品和导演，她才会感到认同：并不是"创作者大声疾呼"，而是将自己归零之后，忠实地将拍摄对象呈现出来。就像我们说"文如其人"，或许也可以说是"电影如其人"吧。

　　2014年11月，蔡明亮导演问野上女士："到现在为止最开心的事是什么呢？"野上女士这么回答："无法挑出什么是'最开心'的事，不过，小时候在房间里睡觉，感觉父亲在隔壁房间走动的时候是非常开心的。因为，父亲终于从看守所回来了。"

　　当时，野上女士就在东京成城的东宝片场外头的长椅上坐着。东京寒冷的万里晴空下，野上女士的身影在我眼里显得像小朋友一样娇小可爱。

　　"你知道吗？日本在战争期间对中国和朝鲜的人民真的做了很多坏事。"野上女士最近对2020年还在中国工作的我说。得知这本书将在中国大陆出版，她开心地表示真是太感谢了。她还说，因新冠疫情而闭门不出的日子里，看着电影名作度过，倒也不无聊。我一面对野上女士作为日本人的自省感到喜悦，一面也将同样在她所说的"绝望的将来"中生活下去。

小坂史子

（2016年3月23日于台湾省新北市永和区博爱街，
2020年6月26日修订）

野上照代手绘贺年卡选辑

明智周 译

Wishing you
Much Happiness
At Christmas
And during the coming year

1980. December. 25

TERUYO NOGAMI

KAGE MUSHA

1980

前排右起为川喜多和子、黑泽明、弗
朗西斯·科波拉，右后方持"KAGE
MUSHA（影武者）"者为野上照代。

1981

"要来好好动一动!"

1986

战争（指黑泽明作品《乱》）结束后七个月
——1986年。

"战争系列"在今年连载完毕。

1987

"老公，今年一定要好好拍电影……"（右）
"什么，别担心啦。明天再……"（左）
（选自山中贞雄《人情纸风船》）

1988

"明年哪……明年就是要好好……"

啊?！明年已经到了！

（选自黑泽明《丑闻》）

1989

今年老兵要重出江湖。

编按：黑泽明作品《梦》。

謹賀新年

夢

祝完成！

一九九〇・元旦

世田谷区成城七−三〇−四

野上照代

夢のようだニャー

1990

祝梦想成真
像梦一样呢～喵～

编按：黑泽明作品《梦》。

迎春

Rhapsody
in
1991

〒157
世田谷区成城7-30-4

野上　照代

1991

1991年的狂想曲。

编按：黑泽明作品《八月狂想曲》。

謹賀新年

昨年の場所中は、スタッフの皆様及び
スタッフでない皆々様方の
一方ならぬお世話になり
有難うございました。
今場所も・
もう一息…『まあだだよ』と頑張る
つもりです。

一九九三年・元旦

157 世田谷区成城七-三〇-四

野上照代

1993

去年活动期间受到诸位工作同仁，以及诸位非工作同仁
的万般照顾，真是非常感谢。
这次活动也是，要再加把劲……还没结束（《袅袅夕阳
情》），再一起奋战！

编按：黑泽明作品《袅袅夕阳情》片名原意为"尚未
结束"，野上取其意勉励大家。

2000

《雨停了》上映

由右至左：

"我们准备好了。""试拍看看？""再……一点。""这样子怎么行！""如果大家都同意……""不就是这样吗？""我最年轻，不便发表意见。""有一点声音啊。"自卖自夸——旧黑泽明剧组合计五百一十五岁，全部健在。

编按：小泉尧史作品《雨停了》。

瞬く間の一年でしたが、私にとっては盛り沢山の年でした。人生ゴールが見えていても、何が起るか判らないものです。お蔭で素敵な方々とも初めて出会うことが出来ました。夏に乳癌の手術をし、11月には"黒澤組生存者"の一人として、ドイツ、ジーゲン大学のシンポジウムにも出席してきました。これからも何が起るか楽しみです。

二〇〇四年正月

老兵は死なず

村木美術

…だろ？

出目監督

〒157-0066 東京都世田谷区成城7-30-4
Tel. & Fax:03-3482-3496

2004 I

转眼之间一年过去，对我来说今年是丰收的一年。

纵或人生即将抵达终点，仍无法预期还会生出什么事情。

很幸运地，还能结识到诸位这么棒的新朋友。

去年夏天我动了乳腺癌手术，11月时以"黑泽剧组幸存者"成员之一的名义，出席了德国锡根大学的研讨会。

往后还会发生什么事呢，值得期待！

"老兵不死。"（中）

"对吧?"（右）

2004　Ⅱ

暑期问候

去年8月乳腺癌手术后，匆匆过了一年。蒙各位的关心以及托名医之福，好好活了下来。接下来，准备要享受余生了。感谢。

"逃过一劫！"

编按：三途之川为分隔阴阳的河流，意同"奈何桥"。

2007

今年呢，请大家期待山田洋次导演、吉永小百合主演的电影《母亲》。

其实，这就是我小时候的故事。也就是说，吉永小百合女士饰演的就是我母亲。只要你活得够久，就有可能会遇到这么棒的事情，这就是一个好例子。还有，我写的《等云到》一书的英译本也上市了。

糟糕，都在打广告，真是不好意思。

謹賀新年
山田洋次監督 吉永小百合主演
「母べえ」は一月二十六日公開です。
私の九才の頃の話です。
原作「母べえ」(中公)
「蜥蜴の尻ぽ」(文春)
も同時に発売中。
ちょっとツキすぎですが
が幸せな八十才です
皆様に感謝々々です。
二〇〇八年元旦

野上 照代
〒157-0066 東京都世田谷区成城 7-30-4
TEL/FAX:03-3482-3496

2008

山田洋次导演、吉永小百合主演的《母亲》将于1月26日上映。是关于我九岁时的故事。原著《母亲》(中央公论新社)、《蜥蜴的尾巴》(文艺春秋)也将同步发行。运气似乎太好了,算是相当幸福的八十岁。非常感谢各位。

2010

今年适逢黑泽导演百年诞辰纪念，好像有很多纪念仪式和出版活动。尤其是数量庞大、首度公开的《创作笔记》，其中的《七武士》部分目前正在《文艺春秋》连载。真是大好消息！身为最后的"幸存者"（即将要绝种），我也是全力以赴，贡献个人微薄之力。请助我一臂之力！

桥本忍（九十一岁）："这次又活下来了！"

野上（八十二岁）："我只是运气比较好一点而已……"

「賀春

ながらへば
また
このごろや
偲ばれむ
憂しと見し世ぞ
今は恋しき

二〇一六年 正月

〒157-0066　東京都世田谷区成城 7-30-4
TEL/FAX：03-3482-3496

2016

———————

"未来，能活得够久的话，不知道会不会怀念现在的苦痛？
正如，过去的苦痛如今回想起来，是那么令人思念。"

编按：手抄自藤原清辅朝臣著名和歌。

野上照代年谱

昭和二年（1927）	5月24日，出生于东京府丰多摩郡中野町（今东京都中野区中野五丁目），是野上岩和绫子的次女。全家四人。后来，移居大田区大森。父亲野上岩（1901—1957），笔名新岛繁。当时是日本大学预科教授，钻研德国文学、社会思想。
昭和六年（1931）	3月，父亲因"思想问题"被日本大学解雇，5月在杉并区高圆寺开设旧书店"大众书房"，全家移居该地。10月，父亲遭短期拘禁。
昭和八年（1933）	4月进杉并区区立第四普通小学就读。5月1日，父亲遭逮捕。11月获释。
昭和十三年（1938）	11月，父亲因唯物论研究会事件被逮捕，拘禁在原宿、中野、世田谷等地警察署。
昭和十四年（1939）	3月，从杉并区区立第四普通小学毕业。4月，进都立家政女子学校就读。
昭和十五年（1940）	4月，父亲被起诉，在巢鸭拘留所判决确定羁

押入狱，12月，保释出狱。

昭和十八年（1943）　从都立家政女子学校毕业，进入文部省图书馆讲习所研习。因被伊丹万作执导的《小西虱太》感动，开始与伊丹导演通信。

昭和十九年（1944）　3月，从讲习所毕业，前往山口县山口高等学校图书室工作。

昭和二十年（1945）　8月，在山口市迎接终战。秋，返回杉并区天沼三丁目八○三番地居住。（从前住的高圆寺老家因4、5月东京西部空袭，付之一炬。）冬，日本共产党重建，担任办事处职员。

昭和二十一年（1946）　担任《人民新闻》社编辑。认识筒井敬介、菊池章一。

昭和二十二年（1947）　进入八云书店工作。担任月刊《八云》杂志编辑。同时期入社的还有草柳大藏。认识井伏鳟二。

昭和二十四年（1949）　秋天，受托照顾伊丹万作遗孤岳彦（即已故的伊丹十三），辞去八云书店工作，前往大映京都片厂，担任场记实习生。
在伊藤大辅导演《花笠飞山间》拍片现场，首次目睹电影拍摄。

昭和二十五年（1950）　6月，担任野渊昶执导的《复活》场记。与女演员京町子相识。
8月，担任黑泽明执导作品《罗生门》场记，初识黑泽明导演。

| 昭和二十六年（1951） | 9月，《罗生门》获颁威尼斯国际电影节金狮奖。在大映多摩川协助剪辑《罗生门》，完成单独配乐的海外版本。 |

昭和二十六年（1951）　9月，《罗生门》获颁威尼斯国际电影节金狮奖。在大映多摩川协助剪辑《罗生门》，完成单独配乐的海外版本。

昭和二十七年（1952）　回到东京，与东宝签约担任场记，参与黑泽明执导作品《生之欲》。

昭和二十九年（1954）　1月，母亲绫子因肺结核病逝。
参与黑泽作品《七武士》。

昭和三十年（1955）　3月，父亲野上岩获神户大学讲师一职（两年后升任教授），移居伊丹市，并且再婚。
参与黑泽作品《活人的记录》；拍摄期间音乐家早坂文雄去世。

昭和三十二年（1957）　5月，与黑泽剧组摄影助理斋藤孝雄结婚（三年后离婚）。
12月，父亲因肝癌病逝。
参与黑泽作品《蜘蛛巢城》《低下层》。

昭和三十三年（1958）　参与黑泽作品《战国英豪》。

昭和三十五年（1960）　参与黑泽作品《恶汉甜梦》。

昭和三十六年（1961）　参与黑泽作品《用心棒》。

昭和三十七年（1962）　参与黑泽作品《椿三十郎》。

昭和三十八年（1963）	参与黑泽作品《天国与地狱》。
昭和四十年（1965）	参与黑泽作品《红胡子》。
昭和四十一年（1966）	进入SUN-AD广告公司工作。担任大阪世博会三得利馆宣传影片《生命之水》助理制片。其后，在SUN-AD广告公司负责三得利以及新潮社等公司的广告制作。
昭和四十四年（1969）	参与黑泽作品《电车狂》。
昭和四十八年（1973）	12月，以《德尔苏·乌扎拉》导演特助身份与黑泽等工作人员前往苏联，一直待到1975年电影杀青。
昭和五十一年（1976）	担任黑泽明三得利"礼藏"广告制片。
昭和五十四年（1979）	离开SUN-AD广告公司。担任黑泽明导演作品《影武者》助理制片。
昭和五十五年（1980）	5月，《影武者》获戛纳国际电影节金棕榈奖，与黑泽明导演、仲代达矢出席盛会。 9月，担任在巴黎皮尔卡丹艺术中心举办的黑泽明画展策划协助。
昭和五十六年（1981）	10月，与黑泽导演出席纽约日本协会（Japan Society）主办的"黑泽明作品回顾展"，回程亦一同出席在意大利索伦托举办的"全作品回顾展"。

昭和五十七年（1982）	5月，与黑泽明导演出席戛纳国际电影节三十五周年纪念活动，黑泽明导演获颁特别贡献奖。
	9月，威尼斯国际电影节五十周年纪念，《罗生门》获选为"狮中之狮（历年金狮奖中的金狮奖）"，与黑泽导演出席盛会。
昭和五十九年（1984）	获第九届山路史子[1]奖功劳奖。
	3月，首次参加以井伏鳟二为首的旅行会，持续到平成三年（1991），每年都担任旅行会干部。《给父亲的安魂曲》获第五届读卖"女性人道纪实文学"优秀奖，收录于得奖作品集《在甘古吕饼的岛上》（读卖新闻社）。
昭和六十年（1985）	担任黑泽明导演作品《乱》制片经理。
昭和六十二年（1987）	9月，《没有颜色的旗帜——追寻诗人竹内浩三》投稿女性人道纪实文学奖。
	11月至1988年4月为止，协助编辑全六卷的剧本全集《全集黑泽明》（岩波书店）。
	担任黑泽明导演作品《梦》制作协调。
	担任黑泽明导演作品《八月狂想曲》制片经理。
平成五年（1993）	开始撰写《家庭画报》电影评论专栏（直到2000年为止）。
	担任黑泽明导演作品《袅袅夕阳情》制片经理。

1　山路史子（1912—2004），演员。1976年成立"山路史子文化基金会"，培育电影从业人员，设立奖项表扬优秀的电影人。

4月，于高崎电影节协助举办侯孝贤导演与黑泽明导演对谈。

平成六年（1994）	担任群马县新田郡（今群马县绿市）笠悬野文化广场策划委员，每年举办四次黑泽作品分享座谈会（持续到2004年）。 策划邀请英国名演员卓别林的女儿杰拉丁·卓别林（Geraldine Chaplin），与电影评论家淀川长治对谈，放映卓别林电影《城市之光》。 12月，受邀到中国台湾，参观侯孝贤导演拍片现场。
平成七年（1995）	开始担任名古屋市主办的年度"爱知国际女性电影节"执行委员（持续至今）。
平成九年（1997）	担任山形国际纪录片电影节评审委员。
平成十年（1998）	9月6日，黑泽明去世。 黑泽遗稿《雨停了》拍片计划顺利实现，由小泉尧史首次执导，与旧黑泽剧组成员一起参与电影拍摄。
平成十一年（1999）	5月6日开拍《雨停了》（Asmik Ace Entertainment 电影公司/黑泽制片公司合作）。 8月杀青。 9月于威尼斯国际电影节放映，与导演及工作人员一起出席盛会。 《三船先生的羞愧》获选1999年度散文精选集（日本散文俱乐部编，文艺春秋刊行）。

平成十二年（2000）	担任第13届东京国际电影节竞赛作品评审委员。 小泉尧史作品《雨停了》上映。
平成十三年（2001）	1月5日，第一部著作《等云到——与黑泽明导演在一起》（文艺春秋）发行。 4月，担任杂志书《黑泽明，天才的苦恼与创造》（电影旬报社）责任编辑。
平成十四年（2002）	出席伦敦国际电影节黑泽明影展。 2月开始，担任DVD"黑泽明作品集"（东宝制作）监制。 3月，为美国电视台制作播映"黑泽明纪念"纪录片，以及黑泽作品DVD发行，到纽约、波士顿旅行演讲。 担任小泉尧史导演作品《阿弥陀堂讯息》的导演协助。
平成十五年（2003）	7月29日，因乳腺癌在千叶县鸭川的龟田医院动手术（手术成功，8月20日出院）。 11月，应德国锡根大学邀请出席研讨会。
平成十六年（2004）	3月，文春文库版《等云到》发行。
平成十七年（2005）	获第三届文化厅电影奖电影特别贡献部门奖。
平成十八年（2006）	2月，随着黑泽电影学院设立，成立"黑泽明私塾"，担任塾长。 5月，与经营者意见分歧，结束私塾营运。 6月，"竹内浩三的青春"改编电影计划搁浅，变成改编《给父亲的安魂曲》，确定由吉永小

百合主演。7月第一稿完成。

11月，英译本《等云到》发行（美国出版社 Stone Bridge Press）。书名是"Waiting on the Weather——Making Movies with Akira Kurosawa"。

平成十九年（2007）	2月，松竹电影公司开拍由山田洋次执导、吉永小百合主演的电影《母亲》。 以原作者身份参与电影制作。 8月，电影《母亲》杀青。 《给父亲的安魂曲》改题为《母亲》（中央公论新社）发行。 12月，《蜥蜴的尾巴：我的私藏电影往事》（文艺春秋）发行。
平成二十年（2008）	1月，电影《母亲》公开上映。 获第36届2007年度日本电影笔会（penclub）奖。
平成二十一年（2009）	9月，参加威尼斯国际电影节黑泽明导演逝世十周年纪念活动。
平成二十二年（2010）	1月，《等云到》简体中文版（上海人民出版社）发行。 6月前往首尔，出席国际交流基金会主办的黑泽明专题活动。 7月获第28届川喜多奖。 8月《黑泽明〈七武士〉创作笔记》（文艺春秋）发行，负责"别册解说"。 10月应邀参加圣保罗电影节，葡萄牙语版《等云到》出版。26日前往意大利罗马电影节，参与《罗生门》相关座谈活动，与黑泽晚期

作品的副导维托里奥·达勒·奥莱对谈。

平成二十三年（2011）　发表《我们的任务是留传给后世》，刊于《电影旬报》1月上旬号；《传承自黑泽电影》系列第六集（最后一集）。

3月，东日本大地震福岛第一核电厂事故发生，撰写《黑泽作品〈梦〉已经预言了核能事故》，发表在《朝日新闻》的"声"专栏。

获颁第三十四届日本电影学院奖协会特别奖。

平成二十四年（2012）　2月，获山梨文学电影奖，并将井伏鳟二的亲笔信函捐赠给山梨文学馆。

3月，《母亲》简体中文版（东方出版社）发行。

3月27日，获颁"一根钉子"精神奖（财团法人一根钉子奖励会，表彰电影幕后人员的贡献）。

4月，《等云到》繁体中文版（漫游者文化）发行。

《文学界》8月号刊载《井伏老师的信》。

平成二十六年（2014）　1月《再一次等云到》（草思社）出版。

10月担任京都国际电影节三船奖评审（得奖者是役所广司）。

参演蔡明亮导演的《秋日》。

平成二十七年（2015）　2月11日，获颁"第69届每日电影竞赛"特别奖。发表感言：

"身处于环境那么好的（黑泽明电影拍摄）现场，可惜却没有好好学习（当时未察觉它的价值）。"

5月31日,合著作品《树海的迷宫:黑泽明〈德尔苏·乌扎拉〉电影全记录(1971—1975)》(以当时担任电影导演特助的野上照代与瓦西里耶夫之拍摄日志为蓝本的著作,小学馆)出版,另两位作者为弗拉基米尔·瓦西里耶夫、笹井隆男。

10月,在"京都国际电影节2015"获颁牧野省三奖。发表感言:

"'日本电影之父'牧野省三的名言里有一句话:'剧情第一,摄影第二,动作第三。'这原则在如今超级数字化的时代,依然是拍电影的圭臬。"

11月,东京国际电影节放映《秋日》(蔡明亮导演拍摄野上照代的作品)。

文景

社科新知 文艺新潮

Horizon

蜥蜴的尾巴：我的私藏电影往事

[日] 野上照代 著　　银色快手 译

出 品 人：姚映然
策划编辑：卢 茗
责任编辑：卢 茗
营销编辑：王园青
版式设计：施雅文
封面设计：山川制本workshop

出　　　品：北京世纪文景文化传播有限责任公司
　　　　　　（北京朝阳区东土城路8号林达大厦A座4A　100013）
出版发行：上海人民出版社
印　　刷：北京盛通印刷股份有限公司
制　　版：南京展望文化发展有限公司

开 本：787mm×1092mm　1/32
印 张：10.75　　字 数：168,000　　插 页：2
2020年9月第1版　　2020年9月第1次印刷
定 价：59.00元
ISBN：978-7-208-16477-2/J·570

图书在版编目（CIP）数据

蜥蜴的尾巴：我的私藏电影往事 / (日) 野上照代
著；银色快手译.—上海：上海人民出版社，2020
ISBN 978-7-208-16477-2

Ⅰ.①蜥… Ⅱ.①野…②银… Ⅲ.①访问记-作品
集-日本-现代②随笔-作品集-日本-现代 Ⅳ.
①I313.15

中国版本图书馆CIP数据核字（2020）第080627号

本书如有印装错误，请致电本社更换　010-52187586